Andréa Araújo

A vida em todas as cores

Copyright© 2022 by Literare Books International
Todos os direitos desta edição são reservados à Literare Books International.

Presidente:
Mauricio Sita

Vice-presidente:
Alessandra Ksenhuck

Diretora executiva:
Julyana Rosa

Diretora de projetos:
Gleide Santos

Relacionamento com o cliente:
Claudia Pires

Capa, projeto gráfico e diagramação:
Gabriel Uchima

Revisão:
Nicolas Agnelli

Impressão:
Gráfica Paym

Dados Internacionais de Catalogação na Publicação (CIP)
(eDOC BRASIL, Belo Horizonte/MG)

Lorem Ipsum

A663v Araújo, Andréa.
A vida em todas as cores / Andréa Araújo. – São Paulo, SP: Literare Books International, 2022.
16 x 23 cm

ISBN 978-65-5922-398-5

1. Literatura brasileira – Ensaios. I. Título.
CDD B869.4

Elaborado por Maurício Amormino Júnior – CRB6/2422

Literare Books International.
Rua Antônio Augusto Covello, 472 – Vila Mariana – São Paulo, SP.
CEP 01550-060
Fone: +55 (0**11) 2659-0968
site: www.literarebooks.com.br
e-mail: literare@literarebooks.com.br

Sumário

Introdução 7

Capítulo 1 - Branco 13

Capítulo 2 - Amarelo 43

Capítulo 3 - Vermelho 67

Capítulo 4 - Azul 93

Capítulo 5 - Preto 119

Capítulo 6 - Colorido 145

Capítulo 7 - Vida 173

Conclusão 193

Agradecimentos

Agradeço ao Universo pelas experiências vividas e a todas as pessoas que fizeram e fazem parte dessa jornada onde me perdi, me reencontrei e me tornei quem sou.

Um agradecimento especial à minha mãe e meus filhos, que são minha luz e meus amores.

E ao meu amigo Zé Virgílio, que, em uma conversa despretensiosa, despertou os questionamentos internos que resultaram no rascunho de um primeiro texto, dando origem a este livro.

Gratidão.

Introdução

"A vida sem amor é
um livro sem letras,
uma primavera sem flores,
uma pintura sem cores."

Augusto Cury

Introdução

Uma linda mulher, inteligente, forte e talentosa. Como se não bastasse: rica, dona de uma cobertura triplex de quatrocentos e cinquenta metros quadrados, rodeada por três empregadas, um motorista, um helicóptero e uma depressão que assombra os seus dias.

Em frente a uma tela em branco, Andréa reflete toda a sua vida:

— Em que momento eu me tornei igual a esta tela?

Absorta em pensamentos confusos e sensações de perda, ela segura um copo de uísque, assíduo companheiro de seus últimos meses.

— Em que momento eu me perdi?

Olha seu próprio corpo e não o reconhece: mais magro e disforme, fraco, sem vida e cheio de manchas. Olha-se rapidamente no espelho e não se vê.

Suspira em som de lamento:

— Eu já fui bonita um dia.

Ainda é! E muito! Mas a dor da perda de si mesma e a falta de compreensão a faz intercalar entre os momentos da infância, da adolescência, da juventude na Itália, do casamento, dos filhos, Paris, Nova Iorque, Veneza e tanto mais, ao mesmo tempo em que parece ouvir uma lista em seus ouvidos:

"O cabelo curto, a casa desarrumada, seus filhos largados, a celulite..."

— Celulite? Quem sou eu?

Mesmo em seu pior momento, mantém o estereótipo que muitas gostariam de ter: a pobre menina rica! Se beleza e dinheiro não são o suficiente, quem irá salvar Andréa da não diagnosticada depressão? O marido que a enche de carinhos e a presenteia com uma calcinha de duzentos dólares da Victoria's Secret? Os filhos, que não percebem o que ocorre com a mãe? Os empregados? Um amante? Mais dinheiro? Uma viagem internacional?

A arte!

Não apenas a arte, mas a coragem de abrir mão de tudo que se tem para o resgate e reencontro consigo mesma. A arte da própria vida, do pulsar do sangue, que lateja em suas veias e levanta, que joga fora o copo de uísque, que reage, explode em raiva e ganha força a cada suspiro e a cada pincelada, que vai dando cor à tela em branco.

Acompanhe a trajetória da mulher, mãe, esposa, profissional e da artista que mata o próprio dragão, sobe na mais alta das coberturas e liberta a si mesma.

A emocionante e inesquecível jornada da arte que salva, da mulher que ressurge na própria tela.

De sua arte, para a arte!

Numa mistura de cores que representam reencontro, empoderamento e liberdade.

A dona do pincel!

E agora: dona de si!

Capítulo 1
Branco

"Sei como voltar:
as cores do meu outono
desenham caminhos."

Yberê Líbera

Capítulo 1

Quantas voltas damos em torno de nós mesmos? Em quantos momentos da vida nos perdemos de quem somos? E o quanto nos culpamos por isso?

Não importa que idade a gente tenha, o quanto se viveu ou deixou de viver. Não interessam os diplomas, o valor na conta bancária, as marcas de grife no armário, o sofá de nove mil reais ou mais, os filhos dormindo na segurança do lar e o grande amor da sua vida deitado sobre a cama, sem lembrar que você existe.

Quando a gente se perde de si mesmo, nada parece iluminar o nosso caminho. A luz do túnel se apaga. Somos obrigados a olhar para dentro, encarando todas as sombras, as dores e confusões que criam um emaranhado por dentro e por fora. Os pensamentos ficam desconexos, dançando na mente em movimentos variados; passam por várias categorias e não encontram ritmo nenhum.

Como se faz para encontrar o caminho de volta? Qual é a receita mágica, que nos leva a quem somos em nossa mais profunda camada?

No decorrer da vida temos muitas versões. Uma que morre a cada dia, uma que é alguém hoje e outra semana que vem. Aquela que ri agora no ano seguinte tira sarro de si mesma e do que um dia foi.

Eu me perdi. Quantas vezes não sei. Talvez ainda me sinta um pouco perdida, mas de dentro daquele emaranhado de sombra, dor e confusão já consegui enxergar a luz que me levaria para fora. Senti o feixe de luz me atingindo em cheio, através da minha arte, de uma essência que habita em mim desde quando me entendo por gente. Foi ela que me deu a mão na poça de lama em que eu me encontrava. Não posso dizer que era lama de verdade, porque nesse lamaçal tinha segurança, poder aquisitivo e notoriedade, mas foi ali que me perdi.

Foi em meio à suposta segurança, posição social, o status de uma mulher casada, pertencente a uma família de renome e com tudo que se supõe necessário para ser feliz, que eu percebi: eu não estava feliz.

Tive que percorrer um longo caminho para descobrir por quê. Não foi fácil. Nem sei se esse caminho terminou, mas na beleza dos passos que dou agora encontro sorrisos e motivos para rir a cada dia.

Mais uma Andréa se foi, outra está indo.

E novas surgirão.

Sinto meu corpo imóvel, rígido feito pedra. Não consigo me mover.

"Por que esta tela em branco me paralisa?"

Sinto-me hipnotizada.

Balanço o copo de uísque na mão direita e ouço o gelo tilintar.

— Sai daqui, Andréa!

"Eu não consigo!"

— O que você quer?

"Por que falo comigo mesma? E se alguém acordar?"

— O que você quer, Andréa?

"O que está acontecendo?"

— Quem é você, Andréa?

Viro-me bruscamente para sair do cômodo em disparada, mas a tela em branco me chama mais uma vez:

— Aonde você vai?

Eu volto a me virar para ela:

— O que você quer?

Sinto-me hipnotizada, de novo.

"Eu estou ficando louca?"

O gelo faz barulho, no movimento que faço com o copo.

Olho para ele e tomo mais um gole.

Sinto minha respiração ofegante e viro meu rosto para a porta.

"Não quero acordar ninguém!"

Falo baixinho:

— Que horas são?

Olho para o relógio na parede e sussurro:

— Uma da manhã.

Suspiro.

A tela me encara outra vez, como se tivesse vida e exercesse força sobre mim.

"Mas ela está em branco. Como pode?"

Decido olhar para ela, sem medo.

— O que você quer me dizer?

Respiro fundo e a encaro alguns instantes.

"Coragem, Andréa!"

Coloco o copo de uísque sobre uma escrivaninha.

Pego um pincel e abro uma das minhas tintas. Molho a ponta vagarosamente, apreciando a cor que se faz.

Fico rígida. Sinto o peso do meu braço parado sob a tela com o pincel na mão.

"Eu não consigo!"

— Consegue, Andréa!

"Eu não consigo!!"

— Consegue, Andréa!!

"Eu não consigo!!!"

— Consegue, Andréa!!!

Jogo o pincel longe e caio sobre o chão.

Choro compulsivamente:

— Eu não consigo, eu não consigo, eu não consigo!

Viro-me no chão, enroscando a camisola caríssima no pé da escrivaninha, que puxa um pequeno fio.

Corro para retirar o fio do móvel.

"Tira, Andréa, tira, senão vai ter reclamação!"

Machuco a ponta dos dedos, mas consigo puxar o fio.

"Ufa!"

Sento-me no chão e não me atrevo a olhar para a tela.

Arrasto-me, ainda sentada, até alcançar o copo de uísque.

— Vem cá, meu amigo.

Bebo e me encosto num sofá. Enxugo o rosto com a camisola cara e agora sem um fio.

"Vou ter que jogar fora!"

Encosto a cabeça no sofá com o pescoço virado para cima, confortavelmente.

Tomo mais um gole de uísque e fecho os olhos.

Eu estou na casa dos meus pais quando ainda era criança.

Vejo meu pai chegando, correndo e gritando:

— Elvira, Elvira, olha a Andréa!

Minha mãe chega correndo ao mesmo tempo que sinto meu pai me segurar pela cintura.

— Andréa! Aonde você vai?

Meu pai balbucia algo do tipo:

— Mas ela tem só um ano, Elvira. Fez aniversário ontem.

Ele me segura no colo, olhando para mim, e sorri:

— Aonde você pensa que vai, mocinha? Fugindo pelo portão com um ano de idade?

"Um ano? Nossa! Como eu posso me lembrar disso?"

Balanço o pescoço de um lado para o outro no sofá. Eu lembro bem das palavras do meu pai:

— Maria-moleque, briga com os moleques na rua e depois fica brava porque eles te chamam de Mônica, menina brava...

Suspiro.

Abro os olhos e olho para o relógio:

— Uma e meia.

"Ainda? Por que eu não consigo dormir?"

Levanto-me lentamente para não perder o equilíbrio.

"Depois que engordei, parece que fiquei mais fraca."

Sinto os pés doerem ao tocar o chão.

— Ai...

Tomo mais um gole de uísque.

Respiro fundo.

"Há de ajudar!"

Sigo para a sala.

"Preciso encher meu copo!"

Olho para meus pés enquanto caminho em direção à sala.

"Não faz barulho, Andréa!"

— Não vou fazer! – respondo para mim mesma, brava. Eu paro!

"Eu estou brigando comigo mesma, meu Deus? À uma da manhã?"

Resmungo alguma coisa e continuo caminhando.

Penso na minha avó:

— Será que eu sou assim por causa dela?

Minha família é uma família comum, de classe média. Nasci no Guarujá. Meus pais moraram com a minha avó paterna por um tempo.

— Possessiva...

"Será que é esse o meu problema?"

Paro e fico gesticulando os dedos, como se estivesse contando números:

— Mas a minha avó era possessiva com o meu pai e nada boazinha com a minha mãe, Isso por causa do meu avô, que era agressivo. Bebia.

"Coitada da minha avó. Ela quis se separar, mas o pai dela não deixou."

— Quanta dominação, meu Deus!

"Estou chegando!"

Dou mais alguns passos. Antes de chegar no bar, penso com meus botões – caríssimos – da camisola:

— Será que eu devia me separar? É isso?

Torço o pescoço para o lado:

— É, meu pai vai deixar. Isso não vai ser problema.

Eu rio sozinha.

— Para de beber, Andréa!

Rio outra vez e retruco para mim mesma:

— Paro, nada!

Chego no bar da minha cobertura e me equilibro em cima do balcão para não cair.

— Cadê minha garrafa?

Olho para trás.

"Será que alguém me viu? Acordei alguém?"

Coloco o dedo na boca:

— Chiu, Andréa!

Começo a rir outra vez.

"Eu não acredito!"

Olho no espelho do bar e vejo a minha imagem duplicada. Não! Triplicada!

Tento encarar uma das Andréas e falo:

— Você devia parar de beber, Andréa!

Estico o dedo para ela:

— Você mesma!

"E agora? Qual delas?"

— Hum.

"Deixa para lá!"

Viro-me e pego a minha garrafa. Abro com cuidado e encho o copo devagar. Ponho pedras de gelo.

Coloco a garrafa no lugar e sento na banqueta do bar, de perna aberta.

"Não posso sentar assim! Tenho que ter modos! Ah, quer saber? Foda-se!"

Passo a mão na camisola e suspiro:

— E ainda saiu um fio. Desgraça!

Tomo um gole e penso na minha outra avó, alemã.

"O oposto da avó paterna, ela tão carinhosa, tão doce, me lembro do seu café com leite."

— Da avó paterna eu sempre ganhava uns três ou quatro vestidos cada vez que ia lá. Mas essa era brava!

"Será que eu puxei ela?"

"Bons tempos, Andréa, bons tempos."

Olho a camisola cara e penso nos vestidos:

— Eu era mais feliz naqueles vestidos!

Suspiro.

Silêncio.

Fecho os olhos um momento.

Volto os pensamentos para a minha avó, uma artista.

"Era ela quem me dava tinta e pincel para pintar. Só assim eu parava quieta, dizia ela."

— Ela era tão acelerada. Eu sou como ela!

Levanto o copo de uísque na altura dos meus olhos:

— Por que eu não sou como a minha outra avó? O que você acha, meu amigo?

Suspiro e converso com o copo:

— O quê? Eu tive uma infância maravilhosa! Brincava na rua. Eu fui feliz, sim, senhor! É só agora que eu não sou, fique o senhor sabendo.

"Andréa, pare de falar com o copo de uísque!"

— Ai, meu Deus!

Levanto-me, deixo o copo no bar e caio no sofá, de bruços, com os braços para baixo.

— Eu vou dormir.

Minha cabeça gira, gira, gira.

"Socorro!"

Não vejo mais nada.

— Ai, minha cabeça...

Limpo a baba ao lado da minha boca e sento no sofá.

Olho no relógio:

— Duas da manhã?

"Ainda estou tonta, meu Deus!"

— Por que eu não consigo dormir a noite inteira?

Olho para a garrafa.

— Eu preciso de mais uísque?

Não me movo. Agora estou imóvel sobre o sofá. Não sei o que fazer.

— O que você quer, Andréa?

"O que você quer?"

Bufo, respondendo a mim mesma:

— Eu não sei!!!

Meus olhos estão hipnotizados no uísque. Sem nem piscar, penso no meu avô.

"Ele era tão mulherengo. Esse bebia mais do que eu. Coitada da minha avó."

Suspiro:

— Minha mãe tinha treze anos quando ele morreu.

"Nem fez falta!"

Pego-me sorrindo e pensando na minha mãe:

— Essa, sim, tem o espírito livre, alegre!

"Ela, sim, viveu a juventude. Viajava com as amigas. Escolhiam o destino na rodoviária! Que delícia!"

"Vou ligar para ela!"

— Agora, Andréa? Tá tarde!

"Tá bom, tá bom, eu ligo amanhã!"

Decido me levantar. Foco o olhar na garrafa, para não ver as várias Andréas no espelho e perder o equilíbrio.

— Por que tantas Andréas?

Arrasto o pé para o lado, fazendo barulho.

"Quieta, Andréa, se não vai acordar todo mundo, aí já viu, né?"

Levanto.

Estou em pé, imóvel.

"Será que eu ando? E se eu cair?"

— Senta, Andréa!

Sento-me outra vez.

Suspiro:

— Minha mãe que é foda! Empreendedora!

De saco cheio da sogra, quando ela ficou grávida deu um jeito de comprar uma padaria e foi administrar o negócio para viver do jeito dela: livre!

— E não é que deu certo?

Levanto o copo no alto e sorrio:

— Um brinde à minha mãe, dona Elvira! Amor da minha vida!

Lembro da minha avó, a mãe do meu pai, reclamando com ele:

— Mas essa menina não gosta de brincar de boneca e de casinha? Ela só brinca com os meninos!

Olho para a garrafa de uísque e pergunto:

— E qual o problema, vó? Não enche o saco!

Olho ao meu redor.

"Sua avó não está aqui, Andréa!"

Balanço a cabeça, concordando:

— É... Eu tinha quinze anos quando ela morreu.

Na verdade, quase todos os meus avós morreram cedo.

Quando eu tinha dezessete anos, um dia meu avô chegou

bêbado. Era hora do almoço e ele gritava, nem sei por quê. Eu gritei de volta e fui para a varanda.

Ele foi atrás de mim para me bater.

"Imagina!"

— Bem-feito!

Caiu, depois pegou uma faca e disse que ia me matar:

— Eu te mato, menina atrevida!

— Me mata, então, senão te mato eu!

Veio a empregada e me colocou para fora.

Falo sussurrando:

— Fiquei anos sem falar com ele, só voltei a falar quando ele ficou doente.

"Esse mundo dá voltas!"

Decido levantar outra vez.

"Para onde você vai, Andréa?"

Eu estou subindo os degraus que levam para o terraço.

"Será que eu entro na piscina?"

Chacoalho a cabeça e tomo um gole de uísque.

— Você vai se afogar, Andréa. Tá bêbada e não sabe nadar!

Ando devagar, cambaleando em volta da piscina.

Olho para o céu e levanto meu copo para o alto:

— Boa noite aí em cima!

Eu rio.

"Será que Deus dá bola para uma mulher bêbada como eu? E com um fio solto na camisola?"

—Ai, meu Deus!

Ponho a mão na camisola:

— Vixi, essa não está mais perfeita. Vou ter que me desfazer. Mas eu gostava tanto dela!

"E se eu tirar a roupa para entrar na água? A celulite vai aparecer! Putz, aquele olhar. Melhor não."

— Saco!

Suspiro.

Sento na borda da piscina e fico com as pernas na água.

Movo os pés na água e, por algum motivo, começo a pensar no meu pai.

Ele era rígido. Nem ele nem minha mãe fizeram faculdade.

Falo em voz alta:

— Minha mãe era sócia do meu tio, seu irmão. Tinham uma loja em Itanhaém. Ele a fez assinar a ruptura da sociedade, ainda na igreja, logo após o casamento, assinando um documento em cima do capô do carro.

"Quem é que faz isso?"

— Só para o meu pai não trabalhar na loja dele.

"Picuinha."

Dona Elvira ficou muito tempo sem falar com meu tio.

— Bem feitooooo!

Tomo mais um gole do uísque:

— Ah.

"Ainda bem que tem uma garrafa aqui em cima também. Senão eu ia ter que descer tudo de novo."

Deito as costas no chão. Está um pouco gelado, mas com tanto álcool já já esquenta.

Vejo a lua e fico olhando para ela.

Com meu pai, tudo tinha horário. E sempre com a obrigação de estudar.

—Como eu apanhei, meu Deus... De cinta, chinelo, com a mão...

"Será que eu merecia tudo aquilo? E agora? Eu mereço o que estou passando agora?"

Começo a rir e viro o corpo para o lado, segurando o estômago de tanto rir.

—A minha mãe.

Continuo rindo:

—Eu quebrava todas as regras com a ajuda dela.

Engasgo com a saliva de tanto rir.

Levanto as costas do chão e fico mais uma vez olhando meus pés na água.

Suspiro:

— Ai, ai...

Mais um gole de uísque.

— Tá acabando, Andréa. Vai ter que levantar e pegar ali no bar.

Faço movimentos com minha mão no copo, vendo a última pedra de gelo se derreter.

— Seu Dárcio, seu Dárcio... Brigava comigo porque minha letra era muito pequena.

"Que absurdo!"

Brigo em voz alta:

— A letra é minha! Eu escrevo como eu quiser!

"Mas até que valeu, minha letra ficou linda, grande e redonda."

Rio alto.

"Como eu!"

Olho à minha volta e me lembro que ele não está aqui.

"Melhor pensar na minha mãe!"

Eu briguei com a minha mãe uma única vez na vida. Minha melhor amiga.

Eu morei em Itanhaém até os doze anos de idade.

Rio:

— Dona Elvira que me ajudou com o primeiro namorado.

Mais um golinho.

— Ahhh.

Eu tinha dez anos.

— Sim, simmmm, dez anos. Qual o problema?

"Continuo em meus pensamentos."

Ele era vizinho da frente de casa. Após ensaiarmos para uma quadrilha francesa, a gente se apresentou na escola. Fez o maior sucesso! E eu comecei a namorar. À frente do meu tempo, de Deus e do mundo. Eu sei!

— É, eu era precoce. Sempre fui!

De festa em festa, a gente ia dançar a quadrilha francesa. Foram oito meses namorando o menininho.

Levanto o copo na altura dos meus olhos e falo com ele:

— Um brinde ao menininho!

Solto uma gargalhada e dou mais um golinho, economizando, para eu não ter que levantar e buscar mais.

"E pensar que com doze anos eu já tive o segundo namoradinho."

— Ai, ai...

Tomo o último gole do copo e decido levantar.

— Tem que levantar, né, Andréa! Você já bebeu tudo!

Viro o pé e torço o tornozelo.

"Ainda bem que eu bebi, senão ia doer essa joça. Já não basta a dor de tocar o pé no chão?"

Seguro meu corpo com as duas mãos no chão e tomo impulso para levantar.

"Ainda bem que estou completamente sozinha. Com essa falta de classe, já ia ser chamada de homem. Nesse momento um homem alcoolizado, que horror!"

— Saco! Homem é o caralho!

Minha mãe era mais forte do que meu pai.

"Será que eu também sou assim?"

Consigo ficar em pé e ponho o dedo na boca, pensativa:

— Hum... Talvez esse seja o problema: meu lado masculino é homem demais! Sou forte demais?

"Será?"

Meu pai tinha medo de ousar, já minha mãe era ousada. Minha Nossa Senhora! Que mulher!

Eu venho de uma linhagem feminina muito forte.

"E aí, como ser só uma dondoca? Calcinha da Victoria's Secret, roupa de marca, sapatinho que custa uma fortuna e passeio de helicóptero no final de semana? A vida é muito mais do que isso, não é possível! Não dá para ser as duas coisas: madame e artista?"

— Hum...

Sigo cambaleando na direção do frigobar e quase caio.

Seguro-me numa mesa de apoio.

"Vai, Andréa, foco! Olha para a frente, não tropeça!"

Olho para os lados.

"Ai, meu Deus! E se alguém acorda?"

Coloco o dedo na boca:

— Chiuuuuu!

"Quieta, Andréa!"

Sigo, pé a pé, até o frigobar.

"Não pode fazer barulho!"

Olho para o bar e sorrio:

— Tem duas garrafas...

Começo a rir.

"Eu posso beber o quanto eu quiser!"

Olho para trás, tentando disfarçar o meu sorriso.

"Tem que ver se não tem ninguém olhando, Andréa!"

Respiro:

— Ufa! Nao tem ninguém!

Ponho uma garrafa embaixo do braço e fico olhando para o meu copo em cima do frigobar, com uma mão na cintura.

"E agora?"

Olho para a garrafa.

"Eu vou tomar na garrafa mesmo!"

"Ou não?"

Olho para o copo e olho para a garrafa na minha mão.

— Como você quer beber, Andréa?

"Deixa eu pensar!"

Gesticulo comigo mesma:

— Bom, eu preferia estar sendo servida por aquele garçom lindo que deu em cima de mim outro dia. Ou pelo meu marido. Mas se ele me vir assim, vai brigar comigo.

Viro para trás rapidamente escondendo a garrafa com a camisola.

"Ufa, não tem ninguém! Eu posso beber!"

Levanto a garrafa no alto e decido:

— Vai na garrafa!

Abro. E me sento de perna aberta na banqueta, ao lado do balcão.

"Nem suas costas estão eretas, Andréa. Que falta de compostura! Não aprendeu nada nesses anos todos? Que decepção."

Rapidamente, eu fico ereta. Mas só por dois segundos. Logo em seguida eu relaxo outra vez.

Tomo um belo de um gole:

— Ahhhh.

"Que horas são?"

Olho para todos os lados.

— Não tem relógio aqui em cima, Andréa!

"Mas como não? Amanhã mesmo, vou pedir para uns dos funcionários colocar um relógio aqui em cima. Onde já se viu?"

Bufo.

Mais um golinho, pequeno, que é para eu curtir mais.

— Tá legal esse papo com você, Andréa.

Eu começo a rir.

Pego-me dando gargalhadas altas e paro.

— Chiuuuuu, Andréa!

Levanto.

"Onde é que eu vou agora?"

Começo a dar passos lentos em direção à escada.

"Acho que vou descer. Preciso saber que horas são."

Eu paro com uma mão na cintura e com a outra, segurando a garrafa.

— Precisa saber para que, Andréa? Que compromisso você tem?

"Nenhum, mas eu preciso saber para decidir o quanto ainda vou tomar da minha garrafa."

Olho para ela e sigo.

Lembro-me de quando meu pai teve uma mudança repentina de emprego. Foi mandado embora, de repente, da empresa de amigos da família. Tá! De repente. Era dia vinte e dois de dezembro.

— Por que você lembra da data, Andréa?

"Porque era próximo ao Natal, óbvio!"

— Hum.

Paro e olho minha garrafa. Agora já estou no pé da escada.

— Vai devagar, Andréa.

"Você não pode cair!"

Olho a garrafa:

— E nem derrubar a garrafa!

Suspiro e começo a descer.

Carta para ele!

(Original e na íntegra)

Sabe, eu sempre fui a tagarela da turma, a que defende seus pontos de vista com todas as garras, a que defende todos, a que sempre está alegre, disposta, que fala pelos cotovelos. Mas em toda a minha vida eu nunca falei sobre mim com ninguém, somente pequenos fragmentos. Já o que eu sinto, especialmente o que é ruim, aquilo que incomoda ou machuca, sempre foi um terreno único e exclusivamente meu.

Sou péssima com as palavras faladas. Você sabe disso. Eu sempre perco a razão. Não tenho o raciocínio rápido como o seu, sou totalmente coração, sangue na veia. Acabo berrando, xingando, e mesmo quando estou certa acabo estando errada. Acho que por isso sempre guardei os meus problemas para mim; não sei expressá-los. Parece até piada para quem sempre está cuidando e dando conselhos para os outros.

Mas vou tentar explicar um pouquinho do que está acontecendo comigo e quanto às suas colocações. Às vezes me magoam e você nem percebe.

Já não é de hoje que estou em guerra comigo mesma, que tento mudar o que não me agrada. Não me acho uma boa mãe: sou impaciente, intolerante, competitiva, não sei brincar e muito menos ensinar. Não sei lidar com os ataques das crianças, principalmente da Charlotte, e acabo tendo um ataque pior do que o dela e a ensinando a ser assim.

Mas ela é simplesmente um reflexo de mim mesma e isso está acabando comigo, porque sei o quanto ela vai sofrer no futuro, porque eu estou sofrendo muito. Ontem, na escola, percebi que não sei nada da vida escolar do Nicolas, nem quais são as dificuldades que ele está tendo. Que bela mãe, não é mesmo?

Como esposa sou chata e sem tesão, você vive falando isso. E não está errado, eu só cobro e estou sempre com pressa ou cansada. Ontem mesmo você disse que na próxima encarnação você vai casar com uma atleta. Será que é necessário esperar tanto? Será que não é melhor resolver isso nessa encarnação mesmo? Na semana passada, você disse que eu sempre complico as coisas. Dormi chorando sem você perceber. Fiquei me perguntando: como eu mudo isso, por que estou sempre fora das suas expectativas? Já faz um bom tempo que não te sinto feliz. Já perguntei. Você é sempre doce e responde que sim, mas não sinto isso em você. Nem te fazer feliz estou conseguindo.

Quanto ao trabalho... Bem, ele está sempre em segundo plano. Para sermos sinceros, a discoteca não precisa de mim para nada. Nem lá eu consigo ao menos suprir suas expectativas. Sou péssima negociante, não sou flexível e, como você disse ontem no jantar, sou infantil e pirracenta. Acho que não preciso falar mais nada.

Para ser sincera, olho para trás e vejo que passei a vida toda sempre ajudando todo mundo e que eu não realizei nada realmente meu. Para piorar, não vejo nada que me dê tesão. Na verdade, não estou num bom momento para procurar por nada. Acho que me perdi de mim.

Sou meia mãe, meia esposa e meia profissional. Passo os dias correndo atrás do rabo, sempre atrasada e sempre devendo alguma coisa, sempre deixando algo para trás. Quando acaba o dia, eu olho e penso se ficou faltando algo. Errei nisso, tinha que ser diferente... Isso porque nunca ouço um: "putz, que legal!".

Você não sabe quantas vezes já me acabei de chorar, o quanto já pedi para o cara lá de cima me chamar. Não acho que eu faça bem às pessoas que eu mais amo nessa vida, que são você e nossos filhos.

Não estou feliz comigo mesma. Não me acho boa como pessoa, não acho que eu mereça tudo o que tenho. Peço milhares de desculpas a você por não ser a pessoa que gostaria que eu fosse. Eu sei que estou tentando, mas não tenho visto grandes progressos. Me perdoa.

Não, não se preocupe, que não vou cortar os pulsos. Seria covarde demais e isso eu não faria. Só não sei por quanto tempo vocês terão paciência comigo.

Me desculpe por ontem e por tudo.

Andréa
19 de outubro de 2011.

Capítulo 2
Amarelo

"Na realidade, trabalha-se com poucas cores. O que dá a ilusão do seu número é serem postas no seu justo lugar."

Pablo Picasso

Capítulo 2

Em que momentos da vida a gente vira a chave? Que gatilhos acontecem em momentos tão únicos e especiais que simplesmente mudam a nossa maneira de pensar?

A vida com seus mistérios parece possuir uma força que faz com que pequenas coisas aconteçam e nos façam enxergar algo palpável e visível, algo que antes éramos incapazes de ver. Por que ficamos cegos? O que são esses pontos cegos de personalidade em nós que todo mundo vê menos nós mesmos?

Quais eram os meus pontos cegos? E quais pontos ainda estão despercebidos ou escondidos bem diante dos meus olhos?

Não se pode fugir da dor da própria existência, de não saber de onde viemos, para quê e para onde estamos indo. Na incógnita da vida, nunca temos certeza se estamos no caminho certo e fazendo a coisa certa.

Eu sou uma boa pessoa? Mas como eu vou saber?

Tento acreditar que a paz ou a guerra que sinto dentro de mim, morando na minha cabeça e dentro do meu coração, são o termômetro para discernir que é o melhor e o pior em minha vida.

Nos piores momentos, aqueles em que me perdi de mim, eu fugi. Fugi para a minha garrafa de uísque. Fugi para uma depressão que tardou a ser diagnosticada enquanto meu corpo fugia para algumas doenças por meio do inconsciente, poderoso que é com minhas emoções escondidas.

E então se fez um pequeno gatilho, um estalo sutil na mente. Algo que não se via e agora se vê, mudando absolutamente tudo. Um ponto de virada, um feixe de luz que direciona para uma luz ainda maior, indicando o fim do túnel.

Mas como é que isso acontece?

Não importa!

É ponto de virada para mais uma versão de mim mesma.

Tchau, Andréa!

Bem-vinda, nova Andréa!

Eu abro a porta bem devagar.

"Cuidado, Andréa!"

Fico olhando para o meu filho dormindo.

"Ele é tão lindo!"

Suspiro.

"Não vai acordar ele, Andréa!"

— Chiuuuu! – falo para a minha cabeça, em vão.

"Cala a boca você. Vai acordar ele!"

Decido voltar para a sala.

Fecho a porta bem devagar.

E saio discutindo comigo mesma:

— Por que você não me deixa em paz?

Ouço a minha própria risada dentro da minha cabeça:

"Eu sou você, Andréa!"

— Caralho!

Já estou de volta à sala.

"Como eu vim parar aqui, meu Deus?"

— Já me esqueci!

Bato palminhas leves, chacoalhando todo o corpo, como uma criança que comemora um presente que ganhou, seguindo em direção à garrafa de uísque sobre o bar:

— Aí está você, sua danadinha. Que saudades eu senti!

Pego a garrafa e a levo junto ao peito, a abraçando como se fosse uma pessoa:

— Vem cá, amore!

Abro e pego o copo, que estava aqui, bem antes de eu subir na piscina.

"Que horas são, Andréa? Agora você consegue ver!"

— É mesmo! Olho para a parede:

— Duas e quarenta.

"Hum!"

Cerro os lábios e encho meu copo.

Ponho umas pedras de gelo:

— Ah, agora sim.

Balanço o copo e fecho os olhos.

Adoro o tilintar do gelo na bebida.

Movo o copo no ar em círculos.

Tomo um gole e abro os olhos. Fico olhando a enorme sala vazia.

— Só eu e Deus!

Olho para cima, para os espaços vazios:

— Você está aqui, Deus? Aceita um copo de uísque?

Suspiro:

— É dos bons!

Rio.

Mais um golinho.

"Devagar para aguentar bem, Andréa! Se alguém acordar, você tá ferrada!"

Olho rapidamente em todas as direções:

— Ufa, estou sozinha, não tem ninguém!

Às vezes me sinto observada.

"De onde você tira essas neuras, Andréa?"

— Daquele olhar que me julga o tempo todo, oras, só pode ser.

Dou de ombros para mim mesma e tomo mais um gole.

Decido sentar no sofá e carrego o copo e a garrafa comigo.

Sento e ponho os pés descalços no sofá.

— E pensar que quando meu pai foi mandado embora, toda a família teve que se mudar.

Suspiro:

— Ai, ai...

Nós fomos para o Guarujá. Eu estava com doze anos e passamos um tempo morando com meus avós.

"Eu, a caipira de Itanhaém, indo para o chique do Guarujá!"

— Foi a pior quebra da minha vida.

"Separar-me dos amigos daquele jeito. Onde já se viu?"

— Ou será que a maior quebra ainda não aconteceu? Ou eu não estou vendo? Será? É a de agora? Jesus...

"Cadê as Andréas do espelho?"

Levanto e caminho até elas:

— Ei, eu quero falar com vocês!

Elas se aproximam e eu começo:

— Qual foi a maior quebra da nossa vida? Sair de Itanhaém e ir para o Guarujá ou sair da classe média para a Classe A?

Abaixo a cabeça.

"Boa pergunta, Andréa!"

— Eu sei!

Estico o copo para as outras Andréas:

— Um brinde!

E tomo um gole.

Viro as costas e volto para o sofá, lentamente.

Começo a rir.

— Mal cheguei no Guarujá e já comecei a namorar de novo!

"Você não presta, Andréa!"

Levanto a cabeça e fico olhando para os lados:

— Será?

"Claro que eu presto! Eu só sei viver, sua tonta! Sempre soube! Igual à minha mãe! Eu sou feliz!"

— Ou era? Não sei.

Preciso pensar.

"Eu fui mesmo uma adolescente da pá virada."

Minha avó se fazia de amiga só para contar as coisas para o meu pai. Depois eu levava um castigo.

— Claro que eu não contei mais nada para ela depois que eu descobri, Andréa! Eu não sou idiota! – falo bem alto.

"Ou sou?"

Olho para os lados rapidamente para ver se não tem ninguém.

"E quem teria? Ninguém sabe da minha insônia ou das minhas dores, muito menos do meu uísque!"

Suspiro:

— Sou invisível.

Olho triste para o alto da escada.

Mudo de posição no sofá.

Penso no meu pai, que acreditava que eu tinha algum problema na adolescência com drogas ou coisa do tipo. Ele nunca entendeu que eu era uma rebelde sem causa.

— Sem causa, sem causa.

"Será?"

Quando eu fiz treze anos, tomei meu primeiro porre.

Levanto o copo no ar e tomo um gole em seguida:

— Um brinde ao meu primeiro porre!

"O primeiro porre a gente nunca esquece!"

Aprecio:

— Ahhhh.

Depois eu namorei sério, dos quinze aos dezessete anos. Fiquei bem calma nessa época.

"Por que será?"

Bom, perdi a virgindade e acho que fiquei aproveitando a fase de descoberta. E apesar de estar tudo bem com o cara, não vingou.

"Quem disse que a Andréa queria casar?" – ouço na minha cabeça como se fosse música.

Eu rio:

— Para quem tinha um pai que até os quatorze anos escolhia o que ia vestir, até que eu podia ter continuado com aquele namorado; ele era bonzinho, não era rebelde como eu.

"Coitado. Sofreu... E a família inteira dele ficou uma fera comigo."

— Culpa sua, Andréa! – falo, olhando para o espelho, e aponto para uma delas:

— Você, você mesma, a do meio. Safada!

Caio na gargalhada.

Limpo a boca porque babo de tanto rir.

"Afe. E aquele casamento, quando eu coloquei um vestido de *cotton*, *pink*... Meu pai me fez trocar de roupa, eu fiquei horrível, morri de vergonha!"

Falo alto, irritada:

— Brega, brega, brega!

Nunca mais usei bege na vida. Nem caramelo e nem marrom.

— Trauma, trauma, trauma!

Meu pai me colocou uma calça bege e uma blusa de lenço, até o pescoço.

Chacoalho a cabeça, para a lembrança ir embora.

— Vai, vai, credo! Sai de mim!

O meu cabelo ia até a cintura ainda.

Olho para cima, na direção da escada:

— Ele ia gostar...

Se não fosse minha mãe como álibi, eu teria tido uma vida horrorosa, pior do que a calça bege e a blusa até o pescoço.

Tomo mais um gole e sento em outra parte do sofá.

— Você lembra, Andréa? – falo apontando para a Andréa da direita.

E continuo, firme:

— Naquela época, até os dezessete anos, você não parecia rebelde. Parecia comportada até.

Rio.

Deito um pouco meu corpo.

"Estou cansada!"

Coloco meu copo sobre a mesa.

Suspiro:

— Não sei qual o problema, Andréa, você foi batizada na igreja e até fez a primeira comunhão.

Fecho os olhos uns instantes e continuo conversando comigo e com as outras Andréas:

— Meus pais são espíritas, têm experiência com mesa branca e umbanda. Qual o problema?

"Nenhum!"

Respiro fundo e entrelaço as mãos sobre o meu corpo.

Fico pensando um pouco.

"Mas eu já não estava pensando esse tempo todo? Não faz sentido!"

Abro os olhos e levanto. Fico de pé:

— Aonde você vai agora, Andréa?

"Não sei!"

Abro a porta bem devagar. Fico espiando por entre a fresta que se faz.

"Como ela é linda!"

— Chiuuuu!

"Cala a boca, Andréa! Vai acordar a sua filha! São quase três da manhã!"

Minha filha é toda eu, minha mini mim, em aparência e personalidade.

"Será que ela vai ser outra ovelha negra na família? Sorte dela!"

Decido subir.

"Eu nem sei o que estou fazendo aqui!"

— Chiuuuuu!

Fecho a porta e me viro para voltar pela escada.

"Você não sabe de nada, Andréa. Quem mandou você descer? E se ele acorda e te pega desse jeito?"

Paro de repente e olho para o lugar onde o fio da camisola se soltou.

"Que lástima!"

Sigo caminhando.

"Cadê minha garrafa?"

— Tá lá em cima, Andréa!

Pego a garrafa e danço com ela. Tropeço e quase caio.

— Ai, não!

Eu me equilibro e paro de dançar.

"Se você derruba essa garrafa no meio da madrugada vai ser um escândalo!"

Sigo para o sofá e me sento.

Olho para o copo e coloco a garrafa do lado dele.

Aponto o dedo de um lado para o outro:

— Uni, duni, duni, tê, salamê minguê, o sorvete colorido, escolhido foi você!

"Era assim que cantava?"

Abro um sorriso e pego a garrafa no meu colo. Olho para ela e continuo sorrindo. Abro e tomo um gole.

Penso num dos melhores anos da minha vida: o cursinho!

— Ai, ai, bons tempos.

Eu vivia de shorts e blusinha. Aprontei muito nessa época. Ia para o interior, curtia o carnaval.

Suspiro:

— Era incrível!

"Você soube aproveitar a juventude, Andréa!"

Depois eu fui para São Paulo, estudar, fazer faculdade.

— Aí, eu virei homem!

Balanço o pescoço para os lados, veementemente.

"Por que uma mulher de cabelo curto causa tanta polêmica? Por que cargas d'água isso a transformaria em homem? O senhor poderia me dizer? Por que não posso ser diferente?"

Olho para a escada.

Viro-me para as Andréas no espelho:

— Eu sei, eu sei, eu sei. Foi na época que a gente foi trabalhar na agência de propaganda.

"Tá, tá, a gente, não: só eu!"

Suspiro.

Volto a falar com elas:

— Eu comecei como recepcionista. Fiquei até o terceiro ano da faculdade trabalhando lá e passei por várias funções.

Tomo mais um gole no gargalo.

— Eu gostava, me divertia, mas só até o terceiro ano. Aí tive que entregar o apartamento, depois que minhas duas amigas se mudaram.

Respondo para a Andréa da esquerda, no espelho, que está me questionando:

— Sim, sim, eu lembro. Fica quieta, Andréa. Ninguém te chamou para a conversa.

"Enxerida!"

Imagina, que durante os três anos que morei lá, eu saía toda noite. Às vezes virava a madrugada e ia direto trabalhar no dia seguinte.

Viro os olhos ao meu redor:

— É exatamente como agora. Mas eu não vou trabalhar amanhã.

Penso comigo.

"O que eu vou fazer amanhã? Não sei! Dormir, talvez. Não posso, tenho que organizar a casa!"

— Saco!

Às vezes eu ficava quase um mês sem ir ver meus pais, mas eu sentia falta da minha mãe. E então eu ia.

Eu ia para Maresias com a turma e mentia para meu pai.

Olho para as Andréas:

— É claro que eu não me sinto culpada. Quem não mente para o pai nessa fase da vida? Vocês queriam o quê? Que eu falasse a verdade para ele? Que eu ia passar o fim de semana na gandaia? Com a homarada? Dá não...

— Afe!

Meu pai tinha um problema com a sexualidade das filhas, uma barreira bem visível.

Relaxo as costas no sofá.

Na primeira vez que eu fui ao ginecologista, virei para a minha mãe num dado momento e perguntei:

— Quando foi mesmo a minha primeira relação sexual?

Eu rio:

— Ela sabia da minha vida melhor do que eu.

"Sempre soube!"

Olho no relógio:

— Será que eu ligo para ela?

"Não, Andréa, estamos no meio da madrugada."

— Saco, não se intrometa, não chamei você na conversa também.

Começo a rir bem alto:

— E aquela vez em que eu fiquei quatro anos sem tomar sol? Fiquei branca, com cabelo curto, depois tive várias cores de cabelo, raspei a cabeça, só usava roupa preta, esmalte preto.

"Meu pai pirou, coitado!"

— Você era exótica, Andréa. Exótica! Só isso!

Meu pai queria morrer, fuçava tudo para ver se achava maconha ou algo do tipo nas minhas coisas.

Sussurro:

— O problema nunca foi esse.

"E qual foi o problema, Andréa?"

Levanto, irritada, e debato com o espelho:

— Eu não sei, Andréa, eu não sei. Até hoje, eu não sei. Não tinha problema nenhum.

"Mas agora tem!"

Sento, cansada.

— Agora tem. Eu sei.

Olho para o alto da escada.

Foi quando eu comecei a fumar: aos dezessete!

Meu pai fez um comentário agressivo sobre gravidez precoce vendo uma propaganda na TV. Ele esperava o pior de mim.

"Será que tinha razão?"

Olho para as Andréas:

— Só porque a gente tinha vida sexual ativa? A gente sabia viver, pô! Por que isso tem que ser contestado?

"Saco!"

Bufo.

Volto aos meus pensamentos.

Daí, no último ano, eu voltei para o Guarujá, fazia bate e volta e finalmente voltei a pintar.

Olho para cima e lembro da tela em branco, no escritório.

"Por que eu não consegui segurar o pincel? Por que eu não consigo pintar?"

Olho na direção das Andréas:

— Por quê?

Elas também não sabem.

Suspiro e me recosto inteira no sofá. Sinto-me largada.

Fico encarando a garrafa.

Minha mãe tinha uma loja, quando eu voltei, comecei a ajudá-la no trabalho, assim eu acabei montando um estúdio lá dentro.

"Foi incrível!"

Eu não quis mais ficar em São Paulo. Só acabei a faculdade, mas publicidade não era minha paixão.

"De jeito nenhum!"

— Qual é a sua paixão, Andréa?

Olho a garrafa de uísque.

Discuto:

— Você é temporário, meu amor, é providencial, não é para sempre. Eu já te disse. Não crie expectativas em relação a mim.

Eu acabei ficando com a loja de artesanato da minha mãe. Fui estudar *design* de interiores, aprendi pintura especial sozinha e encontrei uma forma de exercer a minha própria arte.

Suspiro.

Meu pai vivia bravo porque eu andava suja de tinta na cidade.

— Mas é lógico, eu pintava fachadas de lojas, de restaurantes, como é que ia andar limpa e arrumada o tempo todo?

Olho para o topo da escada:

— Tem que estar grifada para você também, pai? E de *mega hair*?

Grito:

— CARALHO!!!

Tapo a boca com as duas mãos.

Todas as Andréas estão olhando para mim:

— Fica quieta, Andréa!

"Eu me esqueci, desculpa. É culpa do meu pai!"

Respiro fundo e tento me acalmar.

Fico um tempo quieta.

"Não veio ninguém. Ufa!"

Silêncio.

"Respira, Andréa, respira!"

Já minha mãe vibrava com os meus trabalhos. Ela teve

uma crise feia no casamento uma vez e eu estava do lado dela para toda e qualquer coisa.

Bufo.

Olho para cima e depois para as Andréas.

— Estou cansada!

"De que? Como de quê? De tudo!"

Pego a garrafa e tomo um gole.

— Ahhhh.

Meu pai disse para minha mãe que não se separava nem morto.

— Pois é. Esse não se separou.

"E eu?"

Olho para cima.

Respondo para as Andréas:

— Não sei! E esse amor, o que eu faço com ele?

Suspiro e me mexo no sofá, mudando de posição.

Lembro que depois eu conheci os núcleos de arte da cidade e ganhei um prêmio importante de pintura.

Olho para elas:

— É claro que eu fiquei motivada! Vocês não ficariam?

Aponto para meus olhos com os dedos esticados e depois para elas:

— Sei...

Aí, eu finalmente decidi realizar o sonho da minha vida:

— Vou fazer artes plásticas!

"Sei..."

Prestei o vestibular e passei, bem na época que estava namorando um cantor.

— Você não precisa contar que estava com alguém, Andréa. Você nunca está sozinha. Ou estava. Nem sei mais.

Respiro bufando e reclamando ao mesmo tempo:

— Mas eu não fui para as artes plásticas.

Olho para as Andréas:

"Por quê? Por quê?"

Levanto a garrafa e brindo no ar, antes de tomar mais um gole no gargalo.

— Porque eu fui para a Itália, *baby*! Itália!

Carta para ele!

(Original e na íntegra)

Hoje acordei me sentindo atropelada por um caminhão. E fui. A placa era decepção. E foi você quem dirigia!

Suas palavras sobre nosso filho ainda me ferem – e por muitos motivos. Primeiro, porque você usou a terceira pessoa do singular e não a primeira do plural, que seria o certo.

Segundo, porque o seu jeito de lidar com ele está afastando vocês cada vez mais. Você está agindo como nossos pais – e sempre imaginei que você seria parceiro dele, mas não está acontecendo assim.

Ele vem falando há um bom tempo que com você não dá para conversar. E concordo com ele: você sempre grita, impõe e o diminui.

Fala pra mim o que ele sabe, ou acha que sabe, sobre bebida, drogas e sexo? Sobre amizades? Sobre certo e errado? Quantas vezes você sentou e conversou com ele sobre esses assuntos, explicando riscos e consequências, dando exemplos, mostrando imagens? Quantos foram esses momentos? O que você ensinou para ele além de matemática, inglês e noções de moda?

Eu já conversei e sempre converso de peito aberto, com todas as letras. Estou buscando a confiança e a amizade dele, para fazer parte da sua vida.

Vivemos em outra geração, a da exposição. Eles não têm privacidade; é muito mais fácil para nós sacarmos as coisas, agora que temos mídia social.

Não podemos agir como nossos pais, que davam ordens. Aliás:

eu obedecia pela frente e fazia o que eu queria pelas costas. Não quero essa relação com meus filhos – e sinto que é o que você está conseguindo com ele.

Analise, pense e veja: que tipo de relação você quer ter com nosso filho? Eu já escolhi. Saiba que fico de olho nele e converso muito, pois é a única forma de fazermos algo. O caminho dele é dele e não vamos poder fazer as escolhas por ele – somente orientá-lo com carinho, amizade, verdade e diálogo.

Só mais uma coisa: a palavra tem uma força enorme. Nunca mais repita que nosso filho vai ser um drogado. Emane para ele coisas boas ou fique quieto com as palavras somente em sua cabeça. Mas não plante ao vento sementes ruins.

Andréa
26 de junho de 2017.

Capítulo 3
Vermelho

"Explicar as coisas que eu sinto é quase como explicar as cores para um cego."

Bob Marley

Capítulo 3

Quanta coragem é necessária para se despedir de absolutamente tudo que se conhece? Mudar de um país não significa apenas mudar de idioma e de lugar, mas arrancar as suas raízes em todos os sentidos que existem.

Quando se muda de pátria, perdemos a conexão com aquilo que somos, o que temos e conhecemos: a família fica para trás, os amigos e os lugares de toda uma vida. Nossa cultura se confunde: a maneira de se vestir, de andar na rua, de se portar dentro de uma loja ou de um supermercado. Tudo é diferente!

Você liga a televisão e os programas não são os mesmos; o que você ouve é uma língua que ainda nem conhece e se obriga a aprender para sobreviver. Você vai fazer compras no mercado e os produtos não têm a mesma marca que você comprou a vida inteira e nem os nomes nas etiquetas lhe permitem saber se você está comprando um detergente líquido ou um lubrificante para a sua bicicleta.

Quando eu fui para a Itália, a pessoa de quem mais senti falta foi a minha mãe. Mas, apesar da saudade e das dificuldades de um mundo novo, a minha coragem falava mais alto.

Acho que sempre tive essa força em relação à vida. Eu nunca tive medo de mudar, talvez porque sempre me permiti ser eu mesma. Bem, agora eu sei que na verdade nem sempre foi assim. E quando não foi, alguns anos depois, vivi a pior fase da minha vida, me perdendo de mim mesma.

Estando na Itália, eu não sofri a falta de casa que a maioria das pessoas costuma sofrer. Eu simplesmente me sentia em casa – e nunca soube explicar o porquê.

Não sei se é questão de alma, de ancestralidade ou de outras vidas, mas fato é que o país em formato de bota era como se fosse a minha segunda casa ou um lar em construção. E ia muito bem, obrigada!

Lá eu cresci como pessoa e profissional. Aprendi a falar italiano em muito pouco tempo, conheci pessoas de quem gostei muito e que estão no meu coração até hoje, também aprendi sobre a minha capacidade de gerenciar negócios. Eu amava conhecer lugares, pessoas e situações novas. Nunca foi um problema para mim, mas o contrário, o que me leva a crer que eu sou uma pessoa que não apenas gosta de desafios, mas precisa deles.

Lembrar da minha fase na Itália – dos trabalhos que fiz, das pessoas que conheci e de tudo que pude aprender em relação ao novo – serviu mais tarde para o pior momento da minha trajetória, para que eu me reencontrasse.

As melhores lembranças que carregamos se tornam as âncoras para os momentos em que precisamos nos segurar em alguma coisa. Assim é a Itália para mim.

Quando retornei, percebi que o lugar não era a coisa mais importante. O importante era quem eu era. Estando bem, estaria feliz em qualquer lugar.

Um pouco mais de tempo e a vida me mostrou o quanto essa afirmação estava correta – e o contrário também: não ser eu mesma me faria doer a alma por anos a fio.

Até que eu me reencontrasse de novo.

Na âncora de tudo que eu já tinha sido.

— Acorda, Andréa! Acorda!

Eu me levanto de bruços e me sento no sofá. Bato no meu rosto com a mão toda mole, tentando lembrar onde eu estou e que horas são.

Limpo a baba do lado da boca e vejo o copo de uísque no chão.

"Pelo menos está vazio. Ou será que virou no tapete? Ai, meu Deus, tomara que não."

Olho na direção da escada e para todos os cantos para ver se não tem ninguém olhando.

"Ufa, não tem ninguém!"

Falo baixinho:

— Onde é que eu estava mesmo?

Eu me levanto, cambaleando e me sentindo tonta.

"Cadê a porra do relógio?"

O encontro na parede e consigo ver:

— 3:15!

"Hum!"

— Cadê as Andréas do espelho?

Olho para elas e dou um tchauzinho.

"Pelo menos elas me fazem companhia. Só assim, para eu não me sentir sozinha!"

— O que você vai fazer agora, Andréa?

"Será que eu troco de roupa?"

Olho para o espelho quando uma das Andréas me responde:

— Trocar para quê? Você não vai sair.

E eu falo, irritada:

— Quem te perguntou?

"Ai, meu Deus. É tudo eu mesma. Será que estou ficando louca?"

Suspiro e me levanto:

— Vou tomar água. É isso!

Saio cambaleando até o bar. Pego uma garrafa de água e volto quase rastejando para o sofá.

Sento-me e fico segurando a garrafa na altura dos meus olhos.

A levanto no ar e mostro para as meninas:

— Ó!

"Se eu tomar um pouco de água, posso tomar mais uísque, oras."

Eu rio comigo mesma e dou uma piscadinha *sexy* para as Andréas.

Elas riem.

"Eu sei que sou divertida!"

Agora, eu entorno a garrafa de água.

— Ahhh.

Pego o copo no chão e me sirvo da garrafa de uísque que está sobre a mesa.

— Agora sim!

Levanto o copo no ar e brindo em direção ao espelho:

— Onde é que a gente estava mesmo?

"Eu falei da minha mãe, do meu pai, da faculdade, de Itanhaém, ah, sim..."

— Lembrei!

"Itália?"

— Isso, *ragazze**: Itália!

Tomo um gole devagarinho, apreciando meu amigo, como se fosse o primeiro gole da noite.

— Ahhh.

Fecho os olhos por um instante e viajo no tempo.

Lembro como se fosse hoje quando recebi o convite para ir para a Itália trabalhar num restaurante.

"Que sorte eu tive!"

Levanto o copo no ar e comento:

---

* Garotas.

— Sim, você acredita? Com passagem paga e tudo mais, só tive que fazer meu passaporte.

Na época, consegui fazer tudo com muita rapidez. Eu senti como se tivesse ganhado na loteria.

"E sem jogar!"

Percebo o copo me questionando e respondo, rindo:

— O dono do restaurante gostava de brasileiras para trabalhar. Não era sacanagem, não. Nem cilada. Eu juro!

O copo me interpela de novo.

"Mas que saco!"

Retruco:

— Foi um ex-namorado que trouxe essa oportunidade.

Penso nele e me sinto acolhida.

"Ele cuidava tanto de mim. Era como um pai."

Suspiro, como uma mocinha apaixonada:

— Aiiii...

Ah, ele era um paizão para mim, sempre cuidava de mim. Era tão bom.

Olho na direção da escada.

"Ai, ai..."

Eu fui morar numa cidade chamada La Villa, extremo norte da Itália, que faz divisa com a Áustria. Era final de temporada.

"Como era lindo, tão diferente de tudo do Brasil! A arquitetura, as pessoas, o comportamento, os costumes, o clima. Absolutamente tudo era diferente. Mesmo assim, eu me senti em casa."

Suspiro.

Continuo no sofá.

"Cadê as Andréas? Será que elas sabem que eu morei na Itália? Preciso contar para elas!"

Decido me levantar. Puxo uma cadeira com a mão e levo o copo na outra, mas o arrastar faz barulho. Eu congelo:

— Chiu, Andréa!

"Uma coisa de cada vez!"

Ponho o copo na mesa, bem devagar, e levo a cadeira sem arrastar para a frente do espelho, mas não tão perto, senão eu fico vesga.

"Tenho que saber direitinho quem é quem no espelho!"

Volto para pegar o copo e aproveito para levar a garrafa junto.

"Duas mãos!"

Sento de frente para as Andréas e coloco a garrafa no chão.

Estico o copo para a frente:

— Um brinde, meninas!

Tomo um gole gostoso:

— Ahhhh.

E continuo:

— Vocês sabiam que eu fiquei sete meses na Itália na primeira temporada que passei lá?

Elas me olham atentamente.

"Curiosas!"

— Sim, sim, muito chique!

Tomo mais um gole.

"Porque eu mereço!"

Elas falam comigo. Educada que sou, vou responder:

— O quê? Quanto tempo demorei para falar italiano?

Faço o número três com os dedos e os aponto para elas, toda orgulhosa:

— Em três meses eu já estava falando italiano, *ragazze**!

Caio na risada.

---

* Garotas.

"Adoro falar italiano!"

Estralo o pescoço para os lados e dou uma boa olhada na sala, para ver se ninguém acordou.

— Fala baixo, Andréa! – falo para mim mesma e depois aponto para as outras e ponho o dedo indicador na boca.

"Essas Andréas fazem muito barulho, cara, pelo amor de Deus..."

Elas não param de me fazer perguntas, então eu tento responder tudo, uma coisa de cada vez.

Respiro fundo para não perder a paciência.

— Calma, calma, eu vou responder. Uma de cada vez, ordem, façam-me o favor!

Faço um gesto para elas irem devagar e depois eu falo:

— Primeiro, lá eu não pintava, não. Tive que deixar a minha arte de lado.

Tomo um gole de uísque antes de responder a próxima pergunta:

Eu rio:

— Eu namorei o garçom do bar. *Um bell'uomo**! Elas caem na risada com o meu italiano. E eu também.

---

* Belo homem.

Ficamos um bom tempo rindo, olhando uma para a cara das outras.

— Ai, ai...

Uma das Andréas me questiona se eu tive algum perrengue por lá.

Eu balanço a cabeça, concordando e ainda rindo:

— Uma vez eu fui para Bolonha com duas colegas do bar, brasileiras. Pegamos um trem, fiz a mala e fui.

Uma delas me chama de doida.

"Pois é!"

— Doida, doida, doida. Eu sei.

Levanto-me e fico em pé, em frente ao espelho.

"Será que assim eu melhoro e posso beber mais?"

As meninas ficam olhando para mim, quando uma delas me chama a atenção de uma forma que eu não gosto.

Eu grito:

— Eu não quero dormir!

Tapo a boca com a mão que está livre e encaro a Andréa da esquerda.

Aponto o dedo e reclamo:

— Por que você me interrompe, mudando totalmente de assunto? Eu não vou dormir, não quero dormir, não preciso dormir. Chiu! Eu não estou bêbada!

"Que abusada!"

Volto a me sentar e viro a cadeira mais para a direita. Não quero ficar olhando para essa da esquerda.

"Que chata."

Ponho uma das pernas sobre o braço da cadeira e fico bem confortável nessa posição.

"Gostei."

Tomo um gole do meu uísque e volto a falar, olhando para a Andréa do meio agora:

— Eu me meti na maior roubada.

"Que gostoso lembrar disso apesar do perrengue, é bom lembrar agora. Não sei por que, mas é."

— Chegando lá no bar em Bolonha, os caras pegaram nosso passaporte. Tinha que dançar com os clientes. Imagina? Eu, fazer algo que eu não quero? Obrigada?

"Capaz..."

Caio na risada, me achando o máximo nessa posição na cadeira.

E continuo:

— Eu me tranquei no banheiro, fingi que estava doente e passei a noite inteira lá. Na segunda noite, eu disse que estava com febre e peguei meu passaporte de volta.

Ouço a minha gargalhada bem alta, mas continuo a minha história:

— Na terceira noite, eu fugi. Peguei um trem e fui para Veneza.

A Andréa do meio acha que é chique.

— Louca de chiqueeeee, menina, você nem imagina.

A Andréa da esquerda tenta chamar minha atenção, mas eu a ignoro totalmente e continuo a minha conversa com as outras duas:

— Então... No trem, um rapaz muito simpático me deu várias informações e acabei ficando na cidade do lado de Veneza. Eu estava super cansada, não tinha dormido por duas noites, trancada num banheiro de bar.

"Cara, que sacada a minha, fingir, que estava doente."

Levanto de novo e continuo contando a minha façanha, mas dou uns passos para lá e para cá para me manter sóbria.

"Quem disse que você está sóbria, Andréa?"

Ouço uma risada na minha cabeça.

"Saco!"

Vou ignorá-la.

Continuo dando meus passos e conversando com as duas Andréas. A da esquerda está sendo ignorada com sucesso.

— Então... O meu cansaço era tanto que eu dormi quatorze horas seguidas num hotel bem barato, em Jesolo Lido. Daí eu conheci uma moça do hotel que me contou sobre um bar precisando de gente para trabalhar lá.

"Bingo!"

— Foi assim, que eu consegui um novo emprego e alguém para dividir um apartamento.

"Eu nasci com o rabo virado para a Lua mesmo, eu sei!"

Paro de andar e encaro as três Andréas, uma a uma:

— O quê? Vocês acham que foi fácil? É, até foi, mas eu mereci.

Encaro as três, esperando que nenhuma discorde.

"Muito bem, elas ficaram quietas. Então, eu continuo."

— Eu fiquei seis meses trabalhando lá. Tive vários empregos, fiz temporada de verão em vários restaurantes, bares, até de madrugada.

Sento de novo e continuo:

— Lógico, eu queria dinheiro, tinha que trabalhar mais. Oras.

Respiro fundo, toda orgulhosa da minha experiência de vida.

"Não é todo mundo que vai viver na Itália na juventude e se diverte como eu fiz."

Passo a outra perna agora por cima do braço da cadeira e fico torta para o outro lado.

Tomo um bom gole da minha bebida favorita e prossigo, confiante e orgulhosa:

— Eu encarava tudo como uma aventura. Foi uma das melhores fases da minha vida, sim senhoritas, *le signore**... Elas riem de novo.

Eu também.

A Andréa da esquerda me pergunta, telepaticamente, se nunca me ofereceram nada ilegal.

Balanço o pescoço, já concordando com ela.

"É lógico que eu vou responder."

— Me ofereceram para fazer de tudo: pornô, tráfico de esmeraldas, drogas. Tudo isso porque eu era clandestina, né? Em um dos bares tinha ladrão, prostituta, assassino, tudo o que você imaginar tinha.

------
* Senhoritas.

Chacoalho a cabeça para os lados, lembrando dos perigos que eu podia ter passado, mas não passei.

"Ô sorte do cão!"

Passo a mão no cabelo, rindo e lembrando daquela época.

— Mas eu ganhava bem! Tirava de dois a três mil euros por mês com vinte e poucos anos num país de primeiro mundo. Estava muito bom!

Fecho os olhos e me transporto.

"É quase como se eu estivesse lá agora."

Mas uma delas me chama de volta.

— Se eu tinha medo? Medo, eu? Claro que não.

Aponto o copo para a Andréa da direita e continuo:

— A dona do bar onde eu trabalhava de madrugada gostava do meu trabalho porque eu fazia tudo, não conseguia ficar parada. Ela se aproveitava, né? Lógico.

Eu rio:

— E bem naquela época, eu já falava que eu não ia casar, no máximo moraria junto com alguém.

Tomo um gole de uísque e fico olhando para a garrafa d'água vazia.

"Será que eu pego outra? Não, não quero mais água."

"O que eu estava falando mesmo? Ah, sim."

— Eu falava que ia fazer produção independente se eu não engravidasse até os trinta. Para quê?

Levanto, irritada. Pego a garrafa de uísque comigo e volto para o sofá.

Sento:

— Ai, ai...

Ponho a garrafa sobre a mesa e continuo segurando o copo.

"Não consigo largar dele."

Suspiro longamente:

— Ai, ai...

Olho para a direção da escada.

Encho o peito de ar e falo comigo mesma, me esquecendo das outras Andréas:

— E pensar que aquela foi a primeira vez que eu viajei de avião. A sensação era de estar indo pra casa.

Uma das Andréas me chama:

— Quê? Se eu sofri preconceito?

"Acredita que nunca? Bom, depende."

Continuo explicando, antes que elas me incomodem, fazendo perguntas e me chamando ao mesmo tempo:

— Só de outros estrangeiros, de italianos não.

"Claro, né? Os italianos me amavam!"

Caio na risada.

— Tá bom, tá bom, já vou continuar a minha história, espera aí.

Tomo um gole e volto a falar:

— Eu fiz amizade com uma moça que tinha síndrome do pânico. Depois que a gente se aproximou, ela começou a sair de casa, teve uma melhora significativa, sabe?

"A família dela ficou bem feliz."

Eu me encosto ainda mais no sofá e fecho os olhos.

Penso na mãe dela, italiana e toda a família, que acabou sendo minha também.

Suspiro.

"Que saudade daquela época."

Abro os olhos e olho ao meu redor.

"Lá eu me sentia em casa, por que não me sinto assim agora?"

Olho para as minhas meninas aqui do espelho.

Explico para a Andréa da esquerda, que volta a me provocar:

— Não, não, a minha mãe não tinha ciúmes, não. Eu

falava com ela todos os dias, só que por telefone. Nós sempre fomos superamigas.

"A mãe da minha amiga me chamava de filha. Era bom, me ajudava a suportar a falta que sentia da minha mãe."

Encho o peito de ar e solto devagar.

"Eu sempre me senti em casa na Itália."

Fecho a cara, lembrando de uma das coisas que mais odeio me lembrar na vida.

"Para, Andréa, para, para. Você não precisa lembrar disso!"

Levanto repentinamente e discuto com a Andréa da esquerda.

"Por que ela me provoca?"

— Por que você está perguntando dessa história? Se eu não quiser falar, eu não falo. Ela me machuca tanto.

Mas a outra Andréa, a mais meiga, pede para eu contar.

Eu respiro fundo e me sinto mais calma.

Viro de costas para a Andréa da esquerda.

Olho para a da direita:

— Tá bom. Eu conto.

Fico dando passos de novo em frente do espelho e conversando com elas:

— Eu tive outro namorado. Ia casar.

Elas riem, apontando o dedo para mim:

— Eu! Sim, sim, sim, eu mesma.

"Até eu acho difícil de acreditar, mas eu ia."

Continuo:

— Sim!

Suspiro:

— Eu, que dizia que nunca ia casar, acreditei na gente.

Elas me perguntam quem é ele.

Balanço a cabeça para os lados, desacorçoada com essa *maledetta** história.

Decido contar logo tudo de uma vez.

"Mas eu não queria."

Encho o peito e tomo coragem, mas falo olhando para baixo:

— E um dia eu engravidei.

Lentamente, levanto os olhos para cima.

"Estou com vergonha de encarar as Andréas agora."

Elas estão mudas, caladas, imóveis.

Eu prossigo:

— A gente tinha planejado tudo para ficar junto. Só que, no dia que eu ia contar para ele...

---

* Amaldiçoada.

"Nossa, que difícil."

Eu paro e ponho a mão na cabeça.

Fecho os olhos e desabafo:

— Era meu aniversário, primeiro de maio.

"Fdp!"

Acho que as Andréas estão quase chorando.

"Eu estou quase chorando."

Mas continuo.

"Agora vou até o fim!"

Falo com a voz embargada:

— Eu cheguei na discoteca e o cara estava com outra.

Balanço a cabeça, concordando com as três Andréas, que estão fazendo o mesmo.

Uma delas pergunta o que eu fiz.

— O que eu fiz? Dei três tapas na cara dele, virei as costas e fui embora. A gente estava junto fazia três meses.

Tomo um gole do meu copo e sou obrigada a responder uma provocação da Andréa da esquerda:

— Eu sei que é pouco tempo, eu sei, mas eu me apaixonei. Caralho!

Bufo e continuo. Agora estou P da vida.

— Ma *che cazzo**. A gente ia casar.

"Quero logo terminar essa história. Tá ficando chata. Quero chorar."

— Eu fui para outra cidade fazer um aborto no hospital. Sim, lá era legalizado e eu não tive dor nenhuma. Não no corpo. Dentro de mim tem algo que dói até hoje.

Sinto meus olhos lacrimejarem. Eu viro de costas, para elas não verem.

"Ninguém precisa saber!"

Enxugo o rosto e o pescoço na camisola.

"Pronto!"

"Respira, Andréa, respira!"

Eu me recomponho e viro de frente para elas de novo.

— O que aconteceu depois?

Dou um giro em torno de mim mesma, segurando a ponta da camisola, como se estivesse num desfile de modas e o meio da sala fosse a minha passarela.

Olho para a direção da escada.

"Só minha."

— Eu voltei para o Brasil, *baby*!

---

* Que porra.

"Sem nunca mais ter trocado uma palavra com ele... Eu soube que ele foi atrás de mim no aeroporto, mas eu voltei pra casa."

Carta para ele!

(Original e na íntegra)

Tenho pensado bastante sobre essa ideia de protagonismo na relação. Não acredito. Aliás, nunca acreditei nisso, sempre pensei em uma relação a dois, onde ambos andam lado a lado, não um na frente do outro. Acredito que existem vários momentos onde as posições se adaptam: às vezes, um apoia a conquista do outro, às vezes um conforta a derrota ou decepção do outro e outras tantas andam juntos, brilhando juntos. Para mim, esse é o conceito de PARceria. De união, de divisão de vida.

Não consigo pensar em estar feliz e realizada se o outro estiver infeliz. Muito menos se o outro não conseguir estar feliz com a minha realização.

Ficar feliz com a felicidade do outro, para mim, é uma questão de humanidade nas relações como um todo, de todos os tipos.

Acredito que pessoas felizes e realizadas são mais leves, mais disponíveis, mais dinâmicas.

Há luz onde há felicidade.

Andréa
03 de março de 2020.

Capítulo 4
Azul

"O azul é o verde
da floresta."

Hélio Ramos de Oliveira

Capítulo 4

Em que momento da vida podemos prever as reviravoltas que nos tiram do lugar? Num instante, vivemos uma vida tranquila, onde tudo parece estar sob controle: moramos numa determinada cidade, numa casa específica, temos um trabalho ao qual já estamos acostumados, os poucos e bons amigos, os *hobbies* que praticamos no dia a dia e inclusive no fim de semana.

Não percebemos em que momento uma transição começa, pois estamos dentro do processo, que nem sempre ocorre da noite para o dia. Quando finalmente percebemos, olhamos para trás e vemos que tudo já não é mais como antes: a cidade, a casa, o trabalho, os amigos e nem as rotinas.

Como seres humanos, estamos sempre tentando controlar a vida para ter uma sensação de estabilidade e equilíbrio.

Mas tudo é ilusão. Nos iludimos, tentando criar raízes, laços, segurança, patrimônio e relações duradouras, quando, num piscar de olhos, chega uma nova situação, que muda tudo o que pensávamos ser para sempre.

Não interessa se o processo é leve ou pesado, nos descobrimos tão impermanentes quanto as estações do ano ou os horários de um dia: a manhã, a tarde e a noite.

Não estou falando de dialética, pois entre o preto e o branco existem milhões de cores. Entre a primeira e a última hora do dia, milhares de segundos. Entre um argumento e outro, centenas de interpretações. E assim é a vida: buscamos o controle e a estabilidade dela, experienciando uma ilusão, que dura a vida inteira.

Alguns permanecem na ilusão, numa zona de conforto onde nada acontece. Por outro lado, para outras pessoas, muitos movimentos ocorrem, numa zona de (des)conforto que raramente é visitada. Os que mais se mudam e se reinventam costumam ser aqueles que mais aprendem, mais quebram a cara e mais crescem, em vários sentidos de si mesmos.

Vida é impermanência, movimento. Viver significa testar o novo e o desconhecido, aceitar mudanças e transformações.

Elas vão da primeira respiração, ao nascer, até o último suspiro, quando não sabemos mais para onde iremos.

A minha vida foi assim. Sempre fui aberta às novidades e desafios. Em alguns momentos, eu tentei, sim, estar no controle das coisas – até entender que eu nunca estive no controle de nada.

Aceitei viver no fluxo da vida como o fluir de um rio. Descobri que sou apenas uma folha de uma árvore que se move sobre a água e bate nas pedras de vez em quando, mas sempre segue em frente.

Eu termino o meu desfile pela sala e decido ir para o quarto.

Olho para as Andréas:

— Vou pegar um biquíni para a gente nadar!

Caio na gargalhada.

A Andréa da esquerda sempre fica enchendo o saco.

Eu a respondo, irritada:

— E daí que é de madrugada? A piscina fica lá fora. Ninguém vai ouvir.

A do meio também me questiona.

— E o frio?

Aponto minha garrafa de uísque:

— Olha a solução para o frio aqui!

Meto a garrafa embaixo do braço até que finalmente minha Andréa favorita, a da direita, me incentiva:

— Valeu, Andréa, bora nadar sem biquíni, ninguém vai ver mesmo. Gostei!

Eu me viro na direção da escada, quando de repente algo me vem à mente.

Olho para as Andréas:

— Mas vocês não querem vir comigo?

Fico olhando para elas.

— Todas vocês, não! Só a da direita.

Penso, penso...

"Por que é tão difícil pensar, às vezes?"

— Tive uma ideia!

Ponho a garrafa no chão e sigo até o banheiro, cambaleando um pouco porque não sou de ferro, mas sigo.

Entro e pego um espelho pequeno, daqueles redondos, com um lado normal e outro aumentado.

"Acho que é para maquiagem!"

Ponho ele embaixo do braço e volto para a sala, onde deixei a garrafa no chão, junto com as três Andréas.

Chego:

— Vocês não beberam não, né? Faz favor...

Pego o espelho e estico para a Andréa da direita:

— Vamos?

Ela ri. Eu começo a rir também:

— Não falei que eu tive uma boa ideia?

Agora, sim, com a Andréa certa, pego a garrafa e sigo para a escada.

— Bora se divertir, Andréa!

Olho para ela no pequeno espelho, segurando o corrimão ao mesmo tempo.

"Cuidado com a garrafa, Andréa, não vai derrubar!"

— Não vou!

Olho para todos os lados:

— Chiuuuuuu.

"Ok, não tem ninguém!"

Encaro a Andréa no pequeno espelho e sigo, mais devagar.

"Todo cuidado é pouco!"

Eu estou na beira da piscina. Coloco o espelho e a garrafa no chão, bem rentes à piscina.

Começo a dançar para a Andréa no espelho. Ela dança também.

Eu dou uma risada bem alta. Quase caio na piscina.

— Se concentra, Andréa! Se concentra!

Entro na água.

— Ai, que frio!

Já fofoco com a Andréa:

— Ainda bem que a Andréa da esquerda e a do meio ficaram lá embaixo, senão elas já iam tirar sarro de mim.

Mas ela também me chama a atenção e eu logo respondo:

— Eu sei que eu estou bêbada, Andréa, eu vou tomar cuidado!

Fico na beira da piscina, olhando a lua e fecho os olhos, por um instante.

"Onde eu estava mesmo antes de vir para a piscina? Ah, sim, quando fui embora da Itália. Lembrei!"

Eu me lembro da cena até hoje.

Pisco os olhos ainda na piscina, como se pudesse mudar de canal na minha cabeça.

Os pensamentos são rápidos e confusos.

Eu me vejo naquela época, no Brasil, atendendo a um telefonema que mudou a minha vida para sempre:

— Alô? Oi! Tudo bem? Sim, claro que eu vou voltar para a Itália.

E minha amiga me alerta:

— Não volta não, Andréa! A dona do bar foi presa por tráfico internacional de drogas.

— O quê?

Ela não para de falar e dá notícias ainda piores:

— O filho dela sofreu um acidente e ficou inválido, o bar fechou e a vida dela não tem como recomeçar. Melhor esquecer, viu, Andréa!

— Minha Nossa, quanta tragédia... Mas minha documentação está pronta...

Ouço ela suspirando e terminando a conversa:

— Bom, eu fiz minha parte. Aquele bar já era. E os antigos contatos também. Todo mundo foi embora.

"E agora? O que eu faço?"

Depois de desligar o telefone, fico andando de um lado para o outro e falando comigo mesma:

— Andréa, você consegue validar o passaporte com o primeiro restaurante em que trabalhou, mas sua irmã está grávida e vai se casar, seu avô ficou gravemente doente e sua mãe não fala com ele... O que você vai fazer da sua vida agora?

Eu me viro ainda na beira da piscina e me engasgo com um pouco de água. Tusso até me recompor.

"Essas lembranças... Para que servem?"

Olho para a Andréa no espelho:

— Você sabia que no fim fui eu quem ficou cuidando do meu avô no hospital?

Balanço a cabeça, já respondendo à pergunta dela:

— Sim, sim, aquele mesmo com quem eu briguei de faca quando era adolescente.

Agora ela não para de falar.

"Vou responder. Fazer o quê?"

— Ele teve câncer e faleceu em um mês. Foi bom para mim. Tivemos a oportunidade de uma reconciliação.

Ela agora suspira, me olhando com atenção.

— A vida dá voltas, Andréa!

Tomo um gole de uísque para esquentar.

"Acho que ficar sem biquíni me deixou com frio."

Eu rio de mim mesma.

"Não é possível, Andréa. Pare de falar besteira!"

Estralo o pescoço e fico com os cotovelos na borda da piscina, batendo papo com a Andréa no espelho.

— É... No fim, minha irmã casou mesmo. E eu fiz um curso de *bartender* e, depois, fui trabalhar numa discoteca em Santos assim que minha sobrinha nasceu.

Tomo mais um gole da minha bebida favorita.

"Está frio aqui! Será melhor voltar para a sala? Nossa! Que corpo é esse? Também, bebendo assim!"

— Foda-se!

A Andréa continua me interrogando de dentro do espelho.

— Se eu deixei a Itália de lado? Claro que não. Eu estava decidida a voltar para lá O cara do primeiro restaurante onde trabalhei começou a dar entrada na papelada e já estava tudo pronto para eu ir.

Balanço a cabeça, tomando um gole pequeno.

— Adivinha o que aconteceu, Andréa?

Fico olhando para ela, fazendo suspense:

— A Polícia Federal de Veneza entrou em greve.

"Quando não é para ser, não tem jeito."

Ela não para quieta no espelho.

"Acho que ela queria estar na piscina, é isso."

Eu respondo.

"Vou fazer o quê?"

Somos só nós duas.

— Como assim, o que eu fui fazer? Fui trabalhar numa discoteca em Santos, oras.

Decido sair da piscina.

— Está muito frio!

Coloco a camisola com o corpo molhado mesmo. Carrego minha garrafa e a Andréa diz:

— Vamos voltar para a sala.

Eu chego, trançando as pernas até o sofá, com uma toalha que peguei no meio do caminho.

Enxugo-me o máximo que posso, me sento e coloco a Andréa do pequeno espelho virada para baixo em cima da mesa.

"Já me bastam as três do espelho. Quatro não dá. É demais até para mim!"

Rio, verificando, se eu trouxe a garrafa.

"Cadê a garrafa, cadê? Ok, tá em cima da mesa, você trouxe, Andréa, muito bem!"

Fico um tempo quieta, só olhando para tudo ao meu redor: as paredes, as Andréas me espiando do espelho, a garrafa sobre a mesa e o relógio na parede: 04:15.

"Já?"

Suspiro. Mas não tenho sossego, as Andréas começam a cochichar comigo.

A da esquerda pergunta o que eu fui fazer na discoteca.

— Você ficou de ouvido na nossa conversa na piscina, é?

Bebo um pouco e respondo:

— O trabalho era de fim de semana. Eu era *bartender*, subia no balcão pegando fogo, jogava garrafa para cima, era uma coisa de louco. Amava a minha performance.

"Não só eu, né? Todo mundo!"

— Numa noite, eu inventei de fazer a tal da tequila chacoalhada para um cliente, apitando no ouvido dele...

Elas riem. Eu continuo:

— Sim, meninas, eu usava um apito, era o máximo. Então virou uma febre! Tripliquei a venda de tequila do bar só naquela noite. O gerente amou... Mas eu mudei de discoteca depois.

Começo a rir, lembrando de uma coisa.

— Eu vou contar para vocês!

Levanto-me e volto a me sentar na cadeira que tinha colocado bem de frente às Andréas.

Ponho uma perna no braço da cadeira e sento com a garrafa na mão. A deixo no meu colo e seguro, bem bonitinha para não cair.

— Vocês não vão acreditar no que aconteceu. Eu estava em uma reunião com a equipe de bar e chegou um cara fazendo um monte de perguntas. Eu fui um pouco seca, estava dando nomes para os bares, porque a casa era gigantesca, frequentada por mais de três mil pessoas. Precisava pôr nome naquilo tudo.

Suspiro.

"Acho que estou ficando cansada!"

Mas continuo minha história:

— O cara parou do meu lado e perguntou o que eu estava fazendo. Eu disse que estava dando nomes para os bares e ele me perguntou por quê. Eu disse que era porque era importante. Enfim, ele fez mais perguntas e eu dei mais respostas curtas.

Rio alto.

Olho para a escada, espremo os lábios e fico quieta uns segundos.

A Andréa do meio pergunta por que eu agi assim quando conversei com ele.

— Ah... Cara chato, eu disse, que a gente precisava disso e ponto. Só depois percebi todo mundo pálido na mesa. E adivinhem? Era o dono da discoteca! Aí eu disse: "foi bom trabalhar com vocês galera!".

As três Andréas ficam boquiabertas, me olhando.

"Tá, tá, eu não estou vendo direito, parece tudo embaçado, mas eu acho que as três estão espantadas com o que eu contei."

—Meninas! Algo muito diferente aconteceu ali, quando nossos olhares se cruzaram!

Elas ficam cochichando entre elas.

— O que vocês estão falando aí? Eu conto! Ele me chamou a atenção, mas tinha uma aliança no dedo.

Suspiro.

Viro o corpo para trás e olho uns segundos na direção da escada.

Levanto-me da cadeira, dou uns passos para lá e para cá e decido voltar à minha história.

Pego minha garrafa do chão e tomo um belo de um gole agora:

— Ahhhh.

Levanto a garrafa em direção às Andréas, como se estivesse brindando assim mesmo:

Volto a me sentar:

— Eu vou contar para vocês.

Fico encarando elas, fazendo mais um pouco de suspense. Continuo:

— Um dia ele, o cara da aliança, me ligou perguntando onde eu estava e o que estava fazendo.

Respondo para mim mesma:

— Planilhas, oras, era o que eu mais fazia para administrar os bares todos!

Olho para as Andréas:

— Sabe o que ele disse? Estou indo aí!

Elas riem.

"Pois é!"

— Depois, quando ele chegou lá, me pediu para contar tudo que estava acontecendo na discoteca. E eu contei, abri o jogo, porque já tinha sacado que muita coisa errada estava rolando!

Passo a mão no cabelo.

"Nossa, já secou! Será que foi o uísque?"

Eu me levanto de novo, com a garrafa na mão.

Faço mais suspense, andando de um lado para o outro, mas nem eu me aguento, volto a contar o que aconteceu:

— Imaginem, Andréas, a discoteca estava com um mês rodando, o cara demitiu o gerente, pediu para mim e um outro funcionário cuidarmos da casa e foi viajar. Pesado, né?

Elas balançam a cabeça, concordando comigo.

Eu sigo:

— Toda noite tinha reunião. Um dia chegou um ramalhete de rosas colombianas com um coração de chocolate, sem cartão, para mim. E todo mundo querendo saber de quem era, teve até quem assumiu o ato!

A Andréa da direita, mais esperta, acerta na mosca:

— Era ele?

Abaixo o queixo, concordando com ela:

— Eu sei que ele estava cada vez mais presente na administração da balada. Um dia ele me ofereceu carona. E me levou até em casa, no Guarujá, tentou me beijar, mas eu fugi.

A Andréa do meio não se contém.

"Estabanada, quer saber tudo!"

Eu explico:

— Como assim, por quê? Esqueceu da aliança no dedo?

Olho para a escada e respiro profundamente. Bufo.

Continuo:

— Sim, um outro dia ele tentou de novo e eu não resisti. Tá, ok, não tá certo, eu sei... Mas eu já estava apaixonada! Sim, e as flores? Sim.

As Andréas ficam de boca aberta!

Eu dou risada.

Volto ao meu romance:

— Nos apaixonamos perdidamente.

Eu me sento de novo.

"Acho que estou cansada!"

Elas riem.

"Que vontade de fazer xixi! Daqui a pouco eu vou!"

Olho para as Andréas.

"Eu sei que elas querem saber o resto da história. Vou segurar o xixi."

Respiro fundo:

— Era difícil disfarçar. Foi muito complicado. Eu quis desistir várias vezes, andava na cozinha da minha casa de um lado para o outro conversando com a minha mãe e dizendo que não estava certo, mas era uma paixão tão grande que eu sentia que não conseguia ficar sem ele. Eu vivia tão nervosa, tão sob pressão, que ganhei uma gastrite e uma receita de calmante. Foi um caos!

As três ficam com a mão na boca, surpresas. Elas dizem não acreditar em mim.

"Imagina!"

A Andréa do meio me pergunta por quê.

— Como, por quê? Questões de família, trabalho... Magoar pessoas.

A Andréa da direita, a favorita, acerta em cheio.

"É a mais inteligente das três!"

Balanço a cabeça, olhando para ela.

— Exatamente, Andréa! Diferenças. Muitas diferenças!

Olho para a escada. Respiro fundo e volto a olhar para minhas meninas.

"Não aguento mais!"

— Ai, meninas, vou no banheiro, esperem aí. Não vão embora!

Corro para o banheiro, devagar, para não cair.

Chego no banheiro e entro no escuro mesmo.

"É minha casa! Conheço isso aqui, como a palma da minha mão!"

Vou tateando o vaso e levanto a tampa. Levanto a camisola e me sento.

— Ahhhhh...

De olhos fechados, fico um tempão fazendo xixi e sentindo o alívio de esvaziar a bexiga.

"Por que você demorou tanto para vir ao banheiro, Andréa? Qual a graça de ficar batendo papo com as Andréas do espelho?"

Eu rio:

— Sei lá! Acho que elas me entendem, pelo menos a da direita!

Termino, me enxugo e me levanto, ainda no escuro.

Tateio a parede e acho o interruptor. Acendo a luz.

Vejo minha cara no espelho: os olhos inchados, quase fechados de tanto uísque e o cabelo bagunçado da piscina.

Fico me olhando e suspiro:

— O que você fez com você, Andréa?

Sinto vontade de chorar, mas engulo seco.

"Vou voltar para a sala. Meu uísque ficou lá. É isso!"

Olho de novo e apago a luz.

Chego na sala e pego minha garrafa de uísque no chão e só molho os lábios.

— Ahhhh.

Checo a garrafa.

"Já está no final. Não quero mais beber."

— Que horas são?

Olho no relógio.

"Hum. 04:55. Ok."

Dou uma olhadinha na escada.

Sento e pergunto para elas:

— Onde eu estava mesmo?

Continuo:

— Aconteceu muita coisa, sabe? E depois de um tempo, nós fomos morar juntos.

Elas sorriem. Uma bate palmas, toda romântica.

Decido acelerar a história.

"Está ficando tarde! Mas elas querem saber dos detalhes."

Prossigo:

"Preciso dormir, estou muito zonza. Por que será?"

— Preciso dormir, não tem detalhe nenhum.

Mas uma delas insiste, sem parar.

Eu olho séria e falo alto:

— Tá, tá, tá. Só vou contar mais uma coisa. Quando chegou meu aniversário de trinta anos, ele perguntou se eu queria morar com ele. Foi assim.

Eu rio. Fico em pé e já tomo o rumo do sofá, mas uma das Andréas não se contenta. Eu respondo, sem olhar para trás:

— Claro que eu fui morar com ele!

Tento olhar para a escada, mas não consigo.

"Se eu olhar eu caio."

Não vejo mais nada. Caio no sofá de bruços e fico ali, sem me mexer. Minha cabeça gira de forma violenta.

"Será que hoje eu morro? Tomara!"

Carta para ele!

(Original e na íntegra)

Vivemos tempos difíceis em nossa vida como casal. Confesso que nossas últimas conversas me derrubaram. Não é fácil escutar da pessoa com quem você divide sua vida há tanto tempo que ela não sabe o que quer. Ainda mais porque isso se refere a nós dois.

Já estou machucada há muito tempo, vivo na defensiva e agora o meu escudo virou couraça e minha dor, questionamentos pessoais.

Voltei para a terapia por isso. Preciso me encontrar em meio a esse turbilhão. Me reencontrei comigo, estou feliz comigo mesma, mas agora procuro em mim o nós! Aquele que se perdeu em algum momento e hoje, realmente não me importa, o quando e sim o como lidar com isso e o que fazer disso.

Sinto que você precisa de espaço para achar essas respostas que também procura dentro de si.

Quando estamos perto tem uma eletricidade estranha. O que antes nos aproximava, nos puxava um para o outro, hoje nos repele, sinto até as faíscas no ar. Estamos nos agredindo em silêncio. Cada Andréa que sai da sua boca quando me chama é como um punhal e hoje nem consigo me lembrar como você me chamava antes.

Estou buscando a paciência de esperar você se encontrar e a serenidade de descobrir até onde aguento chegar – e qual o limite do meu sentimento por você e o quanto vale a pena tanta dor.

Estamos perdidos procurando o nosso "nós".

Se eu pudesse, me afastaria fisicamente por uns meses. Quem sabe a distância causasse saudade, despertasse a vontade de estarmos juntos de verdade como em outros tempos. Mas infelizmente não posso. Minha mãe precisa de mim. Então pensei em dormir no quarto de hóspedes. Você não dorme bem há muito tempo e o motivo não são os cães, somos nós. Quem sabe noites bem dormidas ajudem você e a distância física faça você sentir falta de mim?

Estou tentando passar por tudo da forma mais tranquila possível, o que não é fácil para a minha natureza intensa e visceral.

O que você acha, será que ajudo assim? Para mim, será melhor, com certeza. Está muito difícil dividir o nosso espaço com alguém que já foi a minha metade e hoje é quase um estranho.

Estou sofrendo muito, acho que já percebeu. Não me lembro de ter chorado na sua frente tanto como no dia 22 de dezembro. Estou precisando de um pouco de aconchego e acredito ser mais fácil encontrá-lo comigo mesma. Nosso quarto como é hoje me tortura. Muitas vezes, durmo e acordo com lágrimas nos olhos e uma dor terrível no peito.

Creio que precisamos de paz interna para encontrarmos nossas respostas pessoais e acharmos a nossa resposta como um casal.

Andréa
13 de janeiro de 2020.

Capítulo 5
Preto

"Todas as cores
concordam no escuro."

Francis Bacon

Capítulo 5

Por que revivemos o passado? Por que razão ele nos atormenta, dia após dia, por tanto tempo? Será uma autotortura pela culpa, de termos nos permitido viver determinadas situações?

Hoje eu compreendo que, enquanto não absorver as lições, a mente fica lá, martelando, como uma pele queimada que lateja sua dor. Obriga-me a reviver o que já passou: em sonhos ou lembranças que insistem em se repetir num incômodo que precisa ser trabalhado.

É como se fosse necessário mastigar os fatos, digeri-los, para só depois eles se acoplarem ao corpo como algo que se aprendeu. O fato vai embora, mas a lição fica.

Eu demorei para entender. Mas muito mais do que a compreensão dos outros e de tudo o que aconteceu, o que demorou foi o entendimento de mim mesma, que chegou trazendo sentido. Os porquês de eu ter aceitado certas coisas, a necessidade do encaixe, a energia insistente em determinadas situações...

Por quê? Por quê? Por quê? Por quê...

Muitos foram os porquês, de perguntas e respostas. As perguntas vinham de fora. As respostas vinham de dentro. Foi preciso muito tempo, numa angústia torturante de não sair do lugar, repassando, a cada dia, o que deveria deixar para trás. Mas o tempo passou, as reflexões se foram e eu, finalmente, segui em frente.

Após o entendimento, a resposta era uma só: volte para si mesma, Andréa!

Eu havia me perdido, saído de mim, dos meus valores, da minha simplicidade e, principalmente, do meu amor-próprio. Quando eu finalmente entendi, me encontrei!

E tudo mudou!

Os atalhos que fizeram eu me perder tinham um nome: amor! E quando ele acabou, me vi perdida e sozinha numa grande floresta, como uma criança, que não sabe por onde voltar. E foi nesse momento que fui obrigada a trilhar um novo caminho até mim.

Doeu!

Demorou!

Mas quer saber?

Foi bom!

Eu cresci, me conheci de novo e me amei ainda mais!

Chacoalho fortemente a cabeça para fugir dos devaneios do passado, que às vezes me atormenta.

"Continua a pintura, Andréa! Continua a pintura!"

Respiro fundo e solto com força, para que o sopro leve as lembranças embora.

"Já faz tanto tempo!"

Meses se passaram até aqui.

— Esquece, Andréa! Esquece!

Paro e fico admirando a beleza do meu quadro.

"Depois vem mais!"

Pego o pincel e coloco tinta amarela.

Falo comigo mesma:

— Amarelo, alegria, a criança inquieta e alegre.

"Foi assim que eu fui. E agora sou de novo!"

Presto atenção na música, assobio um pouco, enquanto

pinto uma boa parte da tela de amarelo.

"Já está acabando, Andréa!"

Rio:

— Eu e essa mania de falar comigo mesma. Bêbada ou sóbria, sou sempre eu! Minha melhor companhia!

Afasto meu corpo da tela e olho de novo.

— Uau!

Passo o pincel na tinta vermelha.

— Vermelho, intensidade.

"Acho que representa bem a minha adolescência e a juventude. A impetuosidade, a sexualidade. É isso!"

Faço um traço! Dois! Três!

Afasto-me novamente e admiro.

— Tá lindo!

Respiro fundo e sigo com o pincel para o azul:

— Azul, a paz.

"A estabilidade, a calmaria que aos poucos se transforma em prisão, escurece o azul e começa a depressão."

— Ai, meu Deus! Por que você está falando isso, Andréa?

Balanço a cabeça de novo, chacoalhando como um cachorro molhado.

"Será que assim as lembranças vão embora? Deixam-me em paz? Eu estou bem agora."

Olho para a tela e falo com o ar, olhando para os vazios:

— Vão embora! Eu estou bem, olhem para mim!

Estico os braços no ar, falando com as lembranças.

E insisto:

— Eu estou sóbria. Já não sou mais aquela que bebia de madrugada, se sentindo sozinha e perdida. Eu me reencontrei!

Volto a olhar para o quadro:

— Preto! É isso! Falta o traço preto!

"Preto, a depressão, a crise pessoal, do casamento, a separação."

Falo alto, dando um passo firme para trás:

— Mas o que é isso, Andréa? Por que pensar nisso agora? Que saco!

Faço um traço preto, lentamente.

Suspiro e me permito pensar.

"Tá, tá, o que você ainda precisa aprender com essas lembranças que ainda não aprendeu?"

— Aprenda logo, Andréa, pelo amor de Deus!

Dou mais umas pinceladas.

E me permito os pensamentos que não queria ter...

"Fazer o quê? Se, é preciso."

Respiro fundo, pinto e viajo no tempo.

Um ano depois de ir morar com ele, eu estou na cama do quarto de bebê que acabei de montar. Deitada de barriga para cima, toco minha barriga de oito meses.

— Você vai ser mãe, Andréa!

Percebo meu sorriso de contentamento, de orelha a orelha.

De olhos fechados, acarício meu bebê.

Decido me levantar e me olhar no espelho, abro os olhos e levanto.

— Você vai chegar, meu filho! Você é muito bem-vindo!

Faço poses em frente ao espelho, de lado, admirando a minha barriga.

— Você é meu bebê, Nicolas! Meu príncipe!

Suspiro.

"Tudo mudou, Andréa! Você é uma mulher casada e vai ser mãe!"

— E as viagens, as festas, os jantares? – pergunto, olhando para minha barriga.

"Será que dou conta de tudo? De ser mãe, esposa e eu mesma?"

Dou uns passos lentos pelo quarto, admirando cada detalhe, de tudo que eu comprei: o berço, o móbile, a cadeira de balanço, a cama, a cômoda, os bichinhos e vários enfeites.

— Ai, ai, está tudo tão lindo.

Abro a cômoda e fico tocando as roupinhas.

Olho para a porta.

— Ele vai gostar, Andréa! Claro que vai!

Sento na cadeira de balanço.

"Tantos momentos românticos. Será que vai mudar? É muito amor, meu Deus. Obrigada!"

Eu estou na minha loja de moda gestante, a Maria Lua.

Suspiro:

— É tão elegante e aconchegante. Nem precisava investir tanto.

"Que montagem cara. Não era necessário tudo isso, mas ok."

Fico feliz de poder trabalhar novamente e agora sozinha, fazendo tudo do meu jeito.

O Nicolas fica com a babá durante o dia e eu posso produzir, ser útil.

"Vai ser muito bom, Andréa!"

Meu filho ainda é um bebê, mas está perto de mim.

"É tão lindo o meu menino."

Olho ele engatinhando pela loja, com a babá atrás dele.

— Ai... Cuidado, meu amor.

Meu telefone toca e vejo o nome da minha mãe na tela do celular.

— Oi, mãe, minha loira linda. Não, hoje não estou me sentindo bem. Um enjoo que não passa.

Ela já me questiona.

— Grávida, mãe? Será?

Continuamos conversando e inevitavelmente penso na última viagem que fizemos.

"Será que eu engravidei na última viagem?"

Balanço a cabeça, ao mesmo tempo em que a minha mãe continua contando uma história dela.

"Mas eu sou tão apaixonada por ele, pelo meu filho e pela vida! Quero tanto outro bebê para completar a família."

— Tá bom, mãe, tá bom, eu vou fazer um teste e te falo.

Continuamos falando ao telefone. Ouço minha mãe, minha melhor amiga, e passo a mão na barriga.

"Será? Scrá que o remédio funcionou?"

É fim do ano. Minha loja já não existe mais.

Toco a barriga, feliz pela gravidez.

"Eu vou conseguir?"

Estou numa loja de roupinhas para bebê, daquelas da moda, que não podem faltar no armário.

Lembro com um pouco de saudade da Maria Lua e suspiro:

— Ai, ai...

A gente decidiu fechar em comum acordo, logo quando descobri a segunda gravidez.

"Achei melhor dar minha atenção para meus filhos. Depois eu penso no que vou trabalhar."

Sento numa cadeira e fico olhando o lugar, ainda tocando a barriga.

Suspiro.

"Ainda bem que nessas lojas eles me deixam bem quietinha. Ninguém incomoda!"

Minha amiga se aproxima:

— Está tudo bem, Andréa?

Balanço a cabeça, assentindo.

Ela sorri, levantando no ar, uma roupinha bem graciosa:

— Olha esse vestidinho!

Eu respondo, sem tirar a mão da barriga:

— Eu vou levar!

— Você está descansando?

— É.

"Mais ou menos."

Ela se afasta e eu volto a pensar na minha gravidez.

"Será que você merece ser mãe de novo, Andréa? Não é sua segunda gestação, é a terceira. Você tirou um bebê na Itália, lembra?"

Eu me ajeito na cadeira e fechos os olhos, sem desencostar a mão do abdômen.

"Essa gravidez vai chegar até o fim? Deus, não me castigue levando minha filha embora, por favor. Ela não tem culpa. Eu tenho. Ela não."

Pego-me apertando o tecido da roupa, por cima da barriga.

"Me deixa ser mãe de novo, Deus, deixa. Eu sei que eu não mereço, mas ninguém sabe."

Penso nas crises de choro no chuveiro e no medo que sinto.

Abro os olhos rapidamente e olho ao meu redor.

Olho para o teto da loja como se pudesse falar com Ele.

Ouço minha respiração, que parece pesada.

Levanto-me e vou atrás da minha amiga.

Ainda segurando a barriga.

"Será que assim consigo protegê-la até o fim?"

Suspiro.

Cinco anos se passaram desde que o conheci.

— Ai, ai...

Solto baixinho, apertando a rosa prateada entre as mãos.

"Você está linda, Andréa, feliz, realizada!"

Respiro fundo.

"Quem é que se casa numa danceteria? Quem?"

Rio comigo mesma.

"Você, né! Quem mais? Também, foi aqui que tudo começou."

Olho para ele, no palco, onde fizemos o altar.

Admiro seu rosto bem torneado e o corpo proporcional dentro de um belo *smoking* caro, segurando a mão da nossa princesa.

"Que bonito!"

A música Kumbalawe começa a tocar, do Cirque du Soleil, tema da cerimônia.

Caminho levada pelo meu pequeno príncipe de olhos azuis.

"Se acalme, Andréa. Hoje é um dia feliz! Está tudo perfeito! Deu tudo certo."

Dou passos firmes, plena e sorridente.

"Um dos momentos mais emocionantes da minha vida. Exatamente como eu queria."

Olho para o lado e reconheço alguns convidados.

"Meus filhos, meus pais, amigos queridos... E o amor da minha vida."

Agradeço com os lábios:

— Obrigada, meu Deus!

"O Senhor permitiu que minha filha nascesse. E meu filho também!"

Solto um largo sorriso.

"Eu sou mãe dessas duas crianças lindas. Obrigada!"

Sorrio para os convidados do outro lado.

Sinto lágrimas encherem meus olhos, mas não quero estragar a maquiagem e me contenho.

Olho para ele.

"Como posso amar tanto?"

O tempo passa.

E o amor também vai se tornando outro a cada dia, mas está ali, só que um pouco diferente.

Eu chego no quarto e vejo uma sacola da Victoria's Secret sobre a cama.

Olho em volta.

"Mais um presente!"

Percebo que dou um sorriso amarelo e me aproximo da sacola.

Retiro uma calcinha minúscula de dentro do papel de seda.

— Uau...

"Ué, ainda está com a etiqueta de preço pendurada?"

Olho.

— Nossa, tudo isso? Para quê?

Suspiro.

Rio e falo comigo mesma:

— Deixou a filosofia de lado e entrou nos 50 tons de cinza, Andréa?

A vida com ele tem amor e tem fogo.

"Amor não falta. Ou falta? Sinto-me confusa às vezes."

Por algum motivo, deixo a calcinha de lado. Deito-me e fico olhando para o teto.

"Que tristeza é essa?"

Pego-me dando pinceladas bruscas na tela.

— Por que você fica lembrando dessas coisas, Andréa?

Bato o pé no chão.

"Por quê?"

— Já faz tanto tempo.

Balanço a cabeça para os lados.

Sinto-me atordoada, pensamentos fora de ordem.

"Por que isso, Andréa?"

Minha respiração acelera. Tento me conter.

Mergulho o pincel no azul e depois no preto.

— Azul escuro, Andréa! Azul escuro! Escuro, escuro!

Fecho os olhos e sinto que ainda posso ver e sentir a textura das cores se formando sobre a tela.

Mais lembranças me consomem.

"Vamos lá!"

Eu estou no meu quarto. Meus filhos entram, correndo:

— Mamãe, mamãe!

Mal tenho forças para abrir os olhos:

— O que foi, meus amores? O que vocês querem?

A babá, a nossa Ba, entra logo em seguida:

— Desculpe, Andréa, eu falei para eles não virem.

— Está tudo bem.

Sento lentamente na cama e tiro o cabelo dos olhos.

"Por que é tão difícil levantar?"

As crianças ainda gritam, correndo em volta da cama, e eu seguro uma vontade imensa de mandar elas ficarem quietas, mas apenas olho séria para a Ba.

Ela parece constrangida e faz um convite:

— Sabiam que tem um bolo de chocolate lá na cozinha?

Eles gritam ainda mais:

— Êêêêêêê!

Eu ponho as mãos nos ouvidos.

"Pelo amor de Deus, eu só quero ficar sozinha!"

As crianças saem correndo.

"Graças a Deus!"

A Ba olha para trás, preocupada:

— Desculpe, Andréa.

Apenas levanto a mão levemente, desencostando da

cama, como um sinal de que está tudo bem.

"Mal consigo levantar o punho. O que está acontecendo comigo?"

Fico sozinha no quarto.

Murmuro:

— Silêncio, graças a Deus.

Fico olhando meu corpo e as erupções na minha pele.

"Como você emagreceu, Andréa!"

Deito de novo e encaro meus pés, cheios de erupções.

Começo a chorar. Meus pés coçam, cheios de feridas, e eu apenas choro.

Toca meu telefone.

Contenho o choro.

"Deve ser ele."

Levanto o corpo, me arrastando na cama e sento:

— Contenha-se, Andréa!

"Ainda bem que está só no vibrar, não suporto barulho."

Respiro fundo.

"É ele!"

Pego o aparelho, com dificuldade:

— Oi, amor?

— Como você está, Andréa?

Disfarço a voz, como se não tivesse acabado de ter uma crise de choro, e tento uma entonação alegre:

Estou bem, e você, como está seu dia?

— Tudo bem, só preocupado com você.

— Eu estou bem.

— Você tomou banho hoje, Andréa?

"Tomei? Não, não tomei."

— Claro que tomei.

— Ótimo, logo eu chego para o jantar.

Desligo.

"Jantar? Eu nem almocei ainda."

Olho para uma bandeja de café da manhã sobre a mesa, um pouco distante da cama, intocada.

"Ai, meu Deus."

Bocejo.

"Ele faz de tudo para cuidar de mim, mas isso não muda nada do que eu sinto."

— Por que eu me sinto assim?

Levanto lentamente e vou para o banheiro, tiro a camisola e olho meu corpo magro no espelho, aquele corpo tão sonhado... E o rosto apático, olhos sem brilho, sem vida.

"Andréa, cadê você?"

O pé coça.

"Não coce, não coce!"

Entro no chuveiro e a água morna machuca meu corpo, os ossos doem, os pés coçam e ardem.

Caio no choro outra vez. Um choro compulsivo que escorre com a água do chuveiro.

— Deus, me leva!

Faz quinze dias que eu mal levanto da cama. Apática.

"Ele está desesperado!"

Meus pés doem, coçam. Eu não quero me mexer. Meu corpo todo dói.

— Andréa, reage, meu amor. Você não quer viajar? Só nós dois?

Pergunto, quase sem sair a voz:

— Viajar?

Ele parece se empolgar:

— É, a gente vai rapidinho, de helicóptero. Que tal aquele hotel em Florianópolis onde a gente ficou uma semana, lembra? Um bangalô só para nós dois, no meio do mar?

"Ai, meu Deus, eu morro de medo de helicóptero. Por que ele insiste nisso?"

— Não... Tá... Você que sabe... Vê aí...

Ele toca meu cabelo, sentado ao meu lado:

— Andréa, o que eu faço para você melhorar? Nossos filhos, Andréa, eles precisam de você!

"As babás são melhores do que eu, eu sei!"

Não respondo, só me mexo, me encolhendo ainda mais no meu lado da cama.

Ele tenta outra abordagem:

— Andréa, você sabe que está tendo risco de ter uma trombose, né? Além da psoríase, que está machucando sua pele. Mas os médicos não podem fazer muita coisa se você não reagir. Me ajuda, vai.

"Ajudar como? Eu quero morrer!"

— Eu quero dormir, estou cansada.

"Eu quero morrer, meu Deus, me leva!"

Ele levanta. Percebo que fica um tempo me olhando e finalmente começa a sair.

— Apaga a luz...

"Não tenho forças para procurar o interruptor."

Ele apaga e sai.

"Graças a Deus!"

Ouço minha respiração.

"Eu estou cansada."

— Chega, Andréa, chega! Para que você precisa pensar nessas coisas?

Limpo o pincel na água e deixo ele lá enquanto volto dessas imagens da minha cabeça.

Falo comigo, ainda em alto tom:

— Pensa em coisa boa, Andréa! Você melhorou depois disso, lembra? Foi estudar, foi na psicóloga, descobriu o problema. As coisas foram melhorando.

Estralo o pescoço e junto as mãos com os braços esticados, bem à minha frente, como se estivesse me alongando.

— Aiiiii!

"Para de pensar coisa ruim. Pensa em coisa boa!"

Espremo os olhos, forçando o pensamento, junto com o corpo rígido, buscando lembranças positivas daquela época.

— Se é para ficar pensando nisso, pensa na parte em que você renasceu!

Abro os olhos e solto as mãos:

— É isso, Andréa! Você renasceu! Lembra? Tudo mudou! Lembra da fênix que você tem tatuada!

Dou um giro em torno do meu próprio corpo, sentindo a leveza da informação que dei a mim mesma.

Danço!

Rio:

— Você é tonta, Andréa. Nunca vi alguém conversar sozinha igual a você!

"E eu renasci. Não foi da noite para o dia, mas eu consegui ver a luz no fim do túnel! E fui atrás dela!"

Carta para ele!
(Original e na íntegra)

Sei que você pensa melhor lendo do que escutando. Ontem, nossa conversa foi dura, triste e clara. Acredito que foi muito importante para nós.

Como você é bastante prático e objetivo, acho que valem algumas explanações e questionamentos. Quem sabe as perguntas ajudem você a encontrar respostas.

Eu!

Duas características me definem: emocional e mental. Eu sinto demais as coisas e penso muito. Minha cabeça fervilha, daí vem minha intensidade e curiosidade. E isso explica muitas coisas que virão a seguir.

Sou uma pessoa de ação, de operação, de realização. Não sei ficar parada. Sou inquieta, agitada e também explosiva. Sou impaciente, não sei esperar, vou e faço. Do meu jeito, mas faço. Sou líder, gosto de organizar, de programar, de incentivar e inspirar os outros. Já que sempre vou e faço, pareço mandona, mas sei dividir responsabilidades, derrotas e glórias. Não gosto de ordens, gosto de debate, de diálogo e acordo.

Essa sou eu e sempre fui assim. Hoje me percebo mais madura, mais flexível, mais mansa, mas também mais decidida e ciente do que não quero e do que me faz mal. Aprendi a dizer não ao invés de ir fazer sempre reclamando comigo mesma. Aprendi a respeitar os meus limites, sejam físicos ou emocionais. Aprendi também que não sou perfeita e que a perfeição não existe, que é melhor sentar no sofá, conversar e rir do que deixar a cozinha impecável e perder esse momento de afeto.

Minhas crises!

Passei por duas crises bastante profundas, das quais só tive real noção depois que passaram, mas que me ensinaram muito sobre a vida e sobre mim.

Sobre meus desejos. Sobre realização pessoal. Sobre ser feliz para poder fazer o outro feliz.

A primeira, foi quando encerrei meu segundo ciclo à frente da discoteca. Ali tive a certeza de que não vim ao mundo somente para gerar vida e cuidar do lar, que preciso de mais. Claro, que não foi com essa clareza naquele momento. Eu me enchi de obrigações a cumprir para preencher o vazio, mas não adiantou. E aí veio a depressão, as doenças e a necessidade de buscar ajuda e de encontrar a minha realização pessoal.

A segunda foi quando vieram os diagnósticos, a necessidade de medicação diária, o conviver com algo que em momentos é incapacitante, a fibromialgia que me limita em várias coisas que amo fazer. Foi doloroso o processo de aceitação e a busca de soluções, mas me trouxe o respeito por mim mesma.

Foram dois períodos muito sofridos, mas que me obrigaram a ver e fazer as coisas de outra forma. E eu, por fim, aprendi muito com isso e tive que mudar. E tudo isso foi um reflexo, uma consequência das minhas ações. Fui eu que me fiz isso.

A intelectualidade

Sempre tive fome de conhecimento, sempre gostei de estudar, de aprender, de pesquisar, de saber. Você até me falou para escrever um livro, lembra? Não vejo isso como um defeito, acho até um exemplo para os meus filhos e para outras pessoas. Não sou uma pessoa vazia, rasa ou superficial, nunca fui. Sempre revisei seus textos e até escrevi alguns para você.

Não vejo isso como superioridade ou como o estereótipo de que mulher inteligente é feia ou masculina. Posso ser mulher, feminina e inteligente. Sou uma pessoa interessada e interessante, você mesmo já me disse de amigos que elogiaram isso em mim e pareceu ter orgulho.

Então qual é realmente o seu problema em relação a isso? Por que isso o incomoda? Em que isso interfere na nossa relação?

Andréa
Dia 16 de maio de 2020.

Capítulo 6
Colorido

"Depois que resolvi colorir meu mundo com cores vivas, nunca mais acordei acinzentado."

Ricardo V. Barradas

Capítulo 6

Em que âncoras nos seguramos quando estamos naufragando? E quais são os naufrágios mais difíceis: a morte de alguém, a despedida de um amor, a ausência de saúde ou a perda de si mesma?

No decorrer da existência, passamos por constantes altos e baixos. Não há como fugir da corda bamba que é a vida. Passamos por toda uma trajetória tentando nos equilibrar. Ganha-se num momento de um lado ao mesmo tempo em que se perde de outro.

Alguém que nasce enquanto outro morre. Um emprego que chega, um dinheiro que se vai. Um amor vive, uma doença chega. Uma despedida triste, uma novidade feliz. Entre perdas e ganhos, alguns danos ficam, mas a maturidade e a sabedoria vão chegando aos poucos, com cada momento de dor e transformação.

Foi assim que aconteceu comigo. Eu ganhei um grande amor e uma vida de contos de fadas, mas, com o passar do tempo, as coisas foram mudando – de forma que não sabia detectar o problema. Hoje é tão claro como água, mas foi um longo caminho até descobrir que eu simplesmente estava me perdendo de mim.

Vivi a alegria de um amor verdadeiro, de me tornar mãe, conhecer lugares e viver momentos inesquecíveis, mas não podia ser para sempre.

— Como não? Por quê?

Respostas que só a vida e o tempo poderão me dar com toda certeza, mas aprendi a aceitar. A vida é o que ela é. Flui como um rio. Por vezes, leva o que a gente quer, mas também o que não gostaríamos de abrir mão jamais.

Dói, mas a não aceitação machuca bem mais. Em nada vale se agarrar em pedras para evitar o fluxo do viver. Seja como for, a resiliência permite um fluir menos dolorido. Pode até ser sofrido, mas, com o tempo, a gente aceita e segue em frente.

Foi o que eu fiz. Descobri em mim mesma outras âncoras que iam me levar por novos caminhos, novas descobertas e uma nova Andréa.

Abrir mão do meu grande amor parecia impensável, mas o que veio depois foi ainda maior: o amor por mim mesma!

Troco a música que está tocando no Spotify e aumento o som.

— Vamos mudar esse clima, Andréa!

E também mudo de cor:

— Amarelo! Amarelo, que é a cor da alegria.

"Você pode até ter passado por momentos horríveis durante a depressão, mas achou o caminho até a saída. Demorou, eu sei. Mas achou!"

Respiro fundo, sentindo a música transformar meus pensamentos.

Pinto de amarelo entre o traço preto e azul, preenchendo de alegria os momentos de dor.

"É isso, Andréa! Você conseguiu mudar tudo!"

Suspiro e sussurro, olhando o tom forte de amarelo, que acabei de fazer:

— Você teve bons momentos. Ótimos momentos!

Solto o ar com força e fico olhando minha obra.

Estamos no Hotel Win, em Las Vegas, no restaurante que leva o meu nome.

Antes de chegar na mesa, eu solto:

— Não acredito que estamos aqui de novo, Vamos casar em Vegas um dia?

Eu rio. Em seguida, ele me beija e abraça com um fogo, que queima até a alma.

— Eu te amo, Andréa! Vamos sim!

"Como pode, meu Deus? Tanto amor?"

A gente senta e o garçom se aproxima, entregando o cardápio para ele.

— Boa noite, senhores! Qual a bebida, por favor?

Meu amor faz o pedido enquanto eu admiro seu rosto e a paisagem desse lugar que eu amo.

— Ai, ai...

A gente sempre viaja. Pelo menos duas vezes por ano, fazemos uma lua de mel daquelas.

"Só Deus sabe o que têm sido essas viagens. Nossa segunda lua de mel durou vinte dias. E eu não achei nada ruim."

Rio.

— Do que você está rindo, Andréa? – ele me pergunta, vendo o garçom sair.

— De você!

Ele entorta o pescoço:

— O que eu fiz?

— Nada, você me faz feliz, só isso!

— E do que você gosta mais: das horas que a gente perde conversando sobre absolutamente tudo ou de quando fazemos exercício?

— Exercício? – caio na gargalhada.

A bebida chega, enorme:

— Não acredito que você pediu tudo isso!

O garçom nos serve e alerta:

— Costuma ser para oito pessoas. Boa sorte – ele sorri e sai.

Encaro a bebida em cima da mesa:

— Amor, você está louco?

— Louco? Ainda não, mas acho que vamos ficar.

Tomo um gole enorme:

— É bom a gente ficar sozinho.

Ele bebe mais:

— Não é?

O tempo vai passando e a gente não para de beber.

— Andréa, lembra daquela vez em que você foi trabalhar na minha empresa de tecnologia?

Eu estou completamente bêbada e rio alto.

Assinto e bebo mais.

"Para de beber, Andréa!"

Tomo mais um gole e respondo para mim mesma:

— Paro nada!

Ele nem percebe.

"Acho que está mais bêbado do que eu."

Reparo que já bebemos a metade de tudo que foi trazido.

"Meu Deus do céu, como é que a gente vai voltar para o quarto?"

Minha cabeça gira.

Ele pergunta:

— E quando você fez a balada *gay* na discoteca?

— Ah, eu amo a balada *gay*, amor!

Ele ri e bebe mais:

— Só você mesmo, Andréa. Fazer uma balada *gay* na discoteca.

"Foi uma época boa, eu me senti útil outra vez."

"Foram tantos desafios, mas eu consegui transformar a balada em um dos espaços de eventos mais bacanas da cidade. Só que ele reclamava que as crianças ficavam muito tempo sem mim."

— Não pense nisso, Andréa!

— O que, Andréa? O que você disse?

Bebo:

— Nada, nada, vamos beber!

Mudo de assunto e decido curtir. Já temos lá nossas crises e probleminhas de família.

"Quero aproveitar bem essa viagem!"

Encho o peito e mudo a *vibe* da minha cabeça:

— Amo quando a gente viaja, amor!

— Eu também. – ele fala alto.

Bebemos ainda mais.

Pego-me dançando e movimentando o pincel, no ritmo da música:

— Uhuuuu, é isso aí, Andréa! Boa *vibe*!

Aumento ainda mais o som e sigo pintando.

"Se teve algo que eu aprendi com a minha vida é olhar para a frente, me reinventando!"

— Foco, Andréa! Foco nas coisas positivas, que te transformaram!

Volto a pintar!

Eu estou na sala da minha cobertura, sentada no sofá.

Meu marido chega e fica em pé, de frente para mim com a chave de um carro novo na mão:

— Toma, Andréa, agora você já pode ir para a sua escola.

Eu faço bico e pergunto:

— E precisava tudo isso? Blindar o carro?

— Você sabe que sim!

Pego e apenas suspiro.

"Ele é visado, a família dele é. Mas eu também?"

Agora, ele me chama a atenção:

— Espero que desse curso você goste.

"Saco!"

— O que você quer dizer?

Ele responde, um pouco sarcástico:

— Ué, você foi estudar *Design* de interiores e em três meses, desistiu!

— Isso porque minha cabeça não batia com a do professor! Mas talvez seja porque esse não era o meu caminho. Minha paixão sempre foi a pintura, a textura, o cheiro da tinta, a tela em branco.

Ele se senta de frente para mim no outro sofá:

— Tá, se isso te faz feliz.

— Não é um curso qualquer. São artes plásticas! Eu sou pintora, lembra?

— Tá bom.

Ele não parece dar a menor importância para o que eu gosto de fazer.

"Outro dia, fui à uma exposição e meu coração disparou junto com minha respiração só de sentir o cheiro da tinta. Eu voltei a me sentir feliz, emocionada. Foi isso que me tirou da cama, eu sei que foi!"

Indiferente, ele me pergunta:

— Quantas vezes você vai nesse curso?

— Duas vezes por semana, em São Paulo. Não foi por isso que você comprou um carro novo e blindou?

— É.

"Afe!"

Então eu estou em casa, treinando na minha academia, quando do nada machuco o ombro e as costas.

Reclamo:

— Ai, ai, ai...

"Não acredito. É a terceira vez que me machuco. O que está acontecendo?"

Minha *personal* pergunta:

— O que foi, Andréa?

Respiro de forma ofegante, sentindo a dor:

— Eu me machuquei outra vez.

— De novo?

Ela se abaixa, tocando meu ombro:

— Mas não é possível, você nem estava fazendo esforço.

— Eu sei.

Ela se levanta:

— Acho que você devia procurar um médico.

— Que tipo de médico?

— Tenta um reumatologista. Vou indicar alguém para você.

Ela me ajuda a levantar.

— Obrigada!

"Mas ainda dói."

— Eu vou para o quarto.

Eu decidi seguir o conselho da minha instrutora um tempo depois. Estou na sala da reumatologista.

Após ela olhar todos os exames dos vários médicos com quem passei nos últimos tempos, eu aguardo, ansiosa.

"Que demora."

Ela finalmente começa a se manifestar:

— Andréa, preciso fazer um exame clínico para confirmar o diagnóstico. Pode deitar ali na maca, por favor.

Meu coração acelera e a ansiedade toma conta de mim.

Respiro.

"Vamos lá".

Ela aperta e torce vários pontos do meu corpo, que doem, uns mais outros menos, mas todos doem.

— É, Andréa, não há dúvidas, você tem fibromialgia.

— Fibro o quê?

— Fibromialgia. Uma síndrome, que causa dores em todo o corpo. Faz você ter sensibilidade na musculatura, articulações, tendões e tecidos.

Percebo meu coração ainda mais acelerado:

— Tem cura?

— Não, não tem cura, mas é controlável com tratamento. É uma doença autoimune.

— Como assim?

Estou com os olhos arregalados, tentando entender.

Ela responde:

— Veja. Acredita-se que essas dores, que surgem sem explicação, são causadas por um desajuste na química do cérebro.

— Desajuste no cérebro?

"Meu Deus!"

— Sim, que pode ocorrer por vários fatores, inclusive estresse emocional.

— Hum.

— Esse desajuste faz com que seu organismo não consiga processar os sinais de dor, espalhando a sensação por todo o corpo. Isso causa fadiga, problemas de sono, quadros de ansiedade e dores de cabeça muito intensas. Normalmente, está relacionado a depressão.

— Depressão, doutora? Você falou em depressão?

— Sim.

"Eu não acredito!"

Começo a chorar.

— Quer dizer que eu posso ter ficado prostrada na cama aquele tempo todo por causa disso?

Ela balança o pescoço.

— Isso mesmo.

Ele vira o corpo para trás, pega um livro e me passa.

— Eu quero que você leia esse livro. Vai fazer toda diferença você entender o que tem e como lidar com isso. Vai te trazer qualidade de vida, Andréa!

"Ela matou a charada?"

— Eu vou melhorar, doutora?

— Claro que vai. O problema dos pacientes de fibromialgia é chegar no diagnóstico. Depois disso é só melhora!

"Não acredito!"

Sorrio!

"Depois de não sei quantos médicos, exames, diagnósticos errados, terapias, prostração, apatia, emagrecimento, dores e tudo de ruim, eu finalmente vou melhorar?"

— Obrigada!

Eu me levanto para sair, ainda surpresa com as informações.

"Até meu casamento foi afetado por essa síndrome, doutora."

Olho para ela, mas não falo nada.

Saio em silêncio, mas feliz. Com o livro na mão.

Bufo:

— E uma receita de antidepressivo.

Estamos em casa, terminando o jantar naquele silêncio desconfortável enquanto seu olhar frio analisa cada parte do cômodo.

"Ele se irrita por qualquer detalhe que não esteja absolutamente perfeito. Por que ele é assim, meu Deus? De onde vem isso?"

— Como foi a reunião na escola das crianças?

— Eu não fui. A Ba foi no meu lugar. Mas está tudo bem.

"Para que contar os problemas se no fim sou eu quem vai resolver? Amanhã vou na escola."

— Por que você não foi?

— Eu tinha terapia e um trabalho do curso para terminar.

— E você terminou seu trabalho?

— Sim.

— Que bom.

Continuamos comendo em total silêncio.

— Falta tempero nesse filé.

— Fiz a receita que você marcou no livro.

— Mas falta alguma coisa.

Ele levanta, serve-se de um café e vai para sala.

— Tem uma lâmpada queimada no corredor, Andréa, precisa trocar.

"É isso mesmo? Sou só a governanta?"

Abandono meu jantar e fico pensando em tudo que tenho feito para tentar agradar, para diminuir esse silêncio.

"Estou tão cansada... Já cozinhei a volta ao mundo, mas sempre falta alguma coisa."

Sussurro:

— Qual é o verdadeiro problema, Andréa?

Abaixo a cabeça na mesa e respondo para mim mesma:

— Não sei!

Estamos mais uma vez em casa, na sala, após um jantar silencioso, com um prato que faltava algo.

"Afe!"

A crise já chegou ao limite do insustentável. Foram meses de terapia de casal, terapia individual, psiquiatra, medicamentos... E tudo continua igual.

"O que está acontecendo com este casamento, meu Deus? Como eu conserto isso? Já ofereci solução para todos os problemas que ele colocou! Eu sei que estou exausta!"

— Essa terapia de casal não está adiantando nada, Andréa!

— Não, não está!

"Choro todos os dias! Eu nem sei se já chorei tanto na minha vida como agora."

Completo:

— Ainda mais porque estamos no meio de uma pandemia, tudo fechado, aula *online*, minha mãe lutando contra o câncer e nós não conseguimos achar um ponto de conexão.

Ele fica falando, falando, falando, enquanto minha mente abstrai e viaja para a lista de colocações que ele fez dos nossos problemas.

Vejo *flashes* em minha mente:

"O cheiro ruim do seu xampu, Andréa… Você parece um homem com esse cabelo curto, é intelectualizada demais… Você abandonou a casa, os filhos e a mim, você só pensa no seu trabalho… Suas roupas são largas demais, você está largada, seu corpo está disforme…"

Chacoalho a cabeça.

"Que horror, meu Deus!"

— Ai, ai…

"Como dói tudo isso!"

— Eu vou te dizer uma coisa, Andréa.

"Ele vai pedir o divórcio? É isso?"

Meu coração dispara. Sinto que parei de respirar. Não movo um músculo do meu corpo. Nada.

— Quê?

— Acho que devemos fazer o que a terapeuta sugeriu. A gente fica um tempo afastados para entender o que a gente quer e se sente falta um do outro.

Mesmo quebrada por dentro, sem chão, achando que agora é o fim, eu concordo.

"Não dá mais para arrastar essa situação."

O silêncio fica ainda mais doloroso.

Ele respira fundo e me dá uma explicação horrível.

— Tem coisas que eu penso todo dia.

Sinto uma pontada no peito.

— O quê?

— São dúvidas que ficam martelando na minha cabeça, Andréa.

"O quê?"

Não consigo falar nem respirar.

Ele finalmente diz:

— Eu não sei o que eu quero, o que eu sinto, tem dias em

que eu acho que eu quero estar casado. E tem dias em que eu acho o contrário.

Meus olhos se enchem de lágrimas.

Ele pega o celular, procura uma foto minha no meu Instagram e me mostra.

— Fala a verdade, você não vê um homem nessa foto?

"Oi???"

— Não, claro que não, eu sei a mulher que eu sou.

— Para mim parece um homem.

Ele se levanta e me deixa sozinha outra vez.

Caio sobre a mesa e choro.

"Eu sei qual mulher sou? Será?"

Choro.

"Porque agora eu sou a mulher que não consegue se olhar no espelho e nem andar nua do banheiro até o *closet*."

Sei que tenho algo contra o que lutar, uma certeza dentro de mim sobre o que gera as dúvidas na cabeça dele. Sei o que causa tantas dúvidas nele, algo dentro de mim sabe muito bem o que é, sei com o que tenho que lutar.

"Quero lutar?"

— O que eu faço, meu Deus? O que eu faço?

Sinto como se a cobertura tivesse se tornado um lugar enorme e eu estivesse sozinha dentro dela.

Eu estou numa sessão de terapia com minha psicóloga, falando mais uma vez sobre as crises do meu casamento.

"Que cansaço, meu Deus! Que cansaço!"

Uma vez por semana eu venho aqui, tentar melhorar a minha vida.

Ela não fala muito, mas depois de tantas horas em que só eu falei, ela me leva a refletir sobre um novo ponto de vista:

— Você não acha que está faltando falar de algo muito importante, Andréa?

— Como assim? Eu não entendi.

— Você foca muito no seu relacionamento. E você, como fica?

Fico olhando para ela, tentando entender suas palavras.

Ela percebe e se explica melhor:

— Andréa, você não acha que abriu mão de si mesma por esse casamento?

— Como assim?

— Você faz tudo por ele e pela família. Deixou de trabalhar e faz todas as vontades dele como dona de casa e como mãe.

Estralo o pescoço, percebendo que estava rígida na cadeira:

— Mas casamento não é isso?

— Não necessariamente.

— Como assim?

— Você queria ser dona de casa como é hoje?

Sinto-me congelada.

"Minha nossa! Eu nunca quis ser dona de casa!"

— É verdade.

— Então. Não lhe parece que você está tentando se encaixar numa posição que não é sua?

Olho para ela, em silêncio, demonstrando que quero ouvir mais e, por isso, ela continua.

— Não há absolutamente nada de errado em ser dona de casa, mas esse papel é o que você queria quando se casou?

"Nunca!"

Ela prossegue:

— Você antes trabalhava. Era ativa, produtiva, vivia desafios. E agora virou cozinheira de alguém que reclama das suas receitas todo dia. É isso que você esperava de um casamento?

"Uau!"

— Não, eu nunca imaginei que pudéssemos chegar neste ponto.

Ela balança a cabeça e fala:

— Até onde eu percebo, não me parece que ele apoia você justamente naquilo que te faz feliz.

— O quê?

— O pouco que você cuida de si mesma, como vir aqui, ir para o seu ateliê ou fazer ginástica.

"Minha Nossa Senhora, como ela tem razão!"

"Eu sou invisível para ele! E para mim? Como eu me vejo? O que eu quero? O que me completa?"

— Obrigada por me fazer enxergar.

— Eu não quero estar certa, Andréa. São perguntas que você mesma tem que responder, verificando o que faz sentido e o que não faz.

— Fez sentido sim.

Suspiro.

"Infelizmente!"

Respiro fundo, percebendo as várias luzes que se acenderam dentro de mim, após suas palavras.

"Chega de lâmpada queimada, Andréa!"

A seleção do Spotify acaba.

Paro com a cabeça torta, olhando e admirando a minha tela.

— Uau! É isso aí, Andréa! Tá lindo!

Coloco o pincel sobre a mesa, fico com as mãos na cintura, dou uns passos para trás e olho de longe cada detalhe da pintura.

"Danem-se as lâmpadas queimadas e os jantares... Vou comer um sanduíche à luz de velas! Feliz!"

Dou uma gargalhada inevitável.

— Eu vejo empoderamento, *baby*!

Toco meu cabelo longo, lembrando da época do *mega hair*.

— Você é linda, Andréa! Quem está predisposto a não gostar de algo não vai gostar e pronto. E vice-versa.

"Vida que segue. Na sua melhor companhia, amore: Você!"

Rio, com um sorriso largo no rosto:

— Andréa com Andréa!

Andréa Araújo

Carta para ele!

(Original e na íntegra)

Corpo, roupas e cabelo!

Realmente, meu corpo não é mais o mesmo, em parte pela idade, em parte pelas limitações. A cada dia virão mais mudanças. Estou envelhecendo, os ossos não ajudam, os hormônios muito menos. Esse é o fluxo natural da vida. Não sou desleixada, cuido de meu corpo com recursos que a medicina proporciona, mas com naturalidade, com parcimônia. Ele nunca mais vai ter trinta anos, já viveu essa fase.

Minhas roupas acompanham a minha personalidade. Nunca fui de justos e curtos: sempre tive corpão, perna grossa, bunda grande, ombro largo. Não gosto de parecer vulgar, mulher fatal, até porque para mim a sedução não está no visual: sou mental e emocional. Sempre gostei de ser diferente, de me destacar, de chamar a atenção pelo insinuante e instigante, e não pelo claro. Não uso vestido colado e salto alto no dia a dia do lar, mas também não vivo de moletom e camisetão. Gosto de conforto no lugar que é para ser confortável.

Na intimidade, minha lingerie é de renda, minhas camisolas têm renda, têm transparência, a maioria não dá nem para sair do quarto. Os pijamas divertidos ficaram lá na época das crianças pequenas. Não saio de casa de qualquer jeito, não recebo pessoas de qualquer jeito, sei me arrumar e me portar em cada situação e de acordo com a minha personalidade e idade. Em festas, uso vestidos que delineiam o corpo, decotes mais ousados: gosto de me arrumar, de me produzir. No último baile da cidade fui elogiada por todos os homens e mulheres com quem falei; escutei até que eu era a mulher mais bem vestida da festa.

E você não disse nada. Sequer reparou. O cabelo! Além das questões de bem-estar, ele segue a minha personalidade, eu me gosto assim, me sinto mais jovem, mais bonita, mais atraente. Não me sinto masculinizada, meu rosto se destaca, eu me destaco.

Não sou dentro do padrão, nunca fui – e isso é o que me faz ser eu mesma. Tantas vezes tentei me enquadrar nesses padrões e fiquei amarga, desconfortável, apática... Até você reparou – disse que faltava vida em mim.

O que atraiu você foi exatamente essa intensidade, liberdade, excentricidade. Então, será que o problema são as roupas? Será que o problema é o corpo? Será que o problema é o cabelo? O que é importante para você? A aparência? O padrão? A pessoa? O que os outros pensam? Será que toda essa relutância, essa quase repulsa, é porque eu mudei ou porque algo mudou dentro de você? Será que o fato de eu ser diferente do que a princípio te atraiu virou um problema? Qual? Por quê?

Álcool e cigarro!

Essa é uma questão complexa. Você me conheceu fumando dois maços de Marlboro vermelho por dia. E também sempre bebi como homem. Nossa casa sempre foi de festas e muito álcool.

E realmente: quando a crise fica forte demais para mim o álcool serve como anestésico, como fuga, faz minha cabeça parar de pensar. Mais uma vez, sou mental, sim. Não é bacana – e você deve lembrar que muitas vezes chorei no seu ombro por isso. Faz muito pouco tempo tive uma fase muito pesada no vinho, depois melhorei e já estava pesando de novo, então estou buscando equilíbrio. Mas a minha ebulição interior não ajuda muito. Tenho uma tendência grande à entrega em todos os aspectos, inclusive ao vício.

E digamos que minha vida está de cabeça para baixo, completamente do avesso, então acho que estou controlada para o momento atual. E do cigarro eu sempre gostei, só parei porque *enjoei. Da mesma forma, essa ebulição gera ansiedade e ele é um calmante. Eu fumo as palavras que não posso dizer, as dores que me machucam e as incertezas que me consomem, me desestabilizam. Coloque-se no meu lugar e analise todas as crises que estou administrando: a adolescência conturbada de dois filhos em dois mundos diferentes; a velhice e doença dos meus pais; a convivência familiar de mundos, conceitos e atitudes tão diferentes e suas consequências na nossa família; a crise ou término da nossa relação; o possível fim da nossa unidade familiar e seus reflexos; a minha profissão que hoje não me sustenta; e a quase chegada aos cinquenta, sem estabilidade financeira, entrando na idade madura com todas as mudanças emocionais e físicas que isso traz, sozinha, sem apoio. Será que você encontra a resposta para o cigarro? E você, já parou para analisar se está bebendo e fumando mais do que antes? Muito? Por quê?*

Andréa
Dia 16 de maio de 2020.

Capítulo 7
Vida

"Se pudesse,
comia as cores,
falava arco-íris."

Ana Maria Costa

Capítulo 7

Como saber quando é o fim?

Quando é chegado o momento do fim?

Estamos preparados para encarar o final dos ciclos de braços abertos, daquilo que nos é mais caro? Por que algo maravilhoso em nossas vidas não pode ter um final feliz como nos contos de fadas? Por que tem que acabar? Não podia existir um "felizes para sempre", como nos prometeram na infância?

Não! A gente cresce e a vida adulta mostra que a banda toca de outra maneira do lado de fora dos livros infantis!

Fato é que as fases terminam, a vida é impermanente, vivemos em constantes processos e, de fase em fase, somos obrigados a abrir mão de pessoas, trabalhos, dinheiro, saúde e situações de toda ordem.

É a vida quem manda! Tentamos, de forma equivocada, controlar o que nos cerca, mas não regemos o que acontece na prática, é só uma grande ilusão.

Na tentativa de manter o que amamos e nos faz bem, acabamos nos apegando a ideia de controle, o que machuca ainda mais, indo contra aquilo que já é um fim.

Lembra-se do fluxo do rio? Seguimos como a água, contornando as pedras e não nos agarrando a elas. Porém, por teimosia e apego, ficamos segurando o que deve ir até machucar e sangrar. E só depois de muito sofrimento é que abrimos mão.

Não fui só eu quem passou por esse processo. Todo mundo passa por isso um dia, cedo ou tarde, em uma ou várias situações. Na perda de um amor, de um ente querido, de um emprego, de uma situação estável ou do que for que sentimos como nossa zona de conforto.

Eu tentei segurar o conto de fadas, o príncipe do amor, das viagens, da família, da vida, além dos cuidados, quando eu fiquei de cama. Mas ele já havia deixado de ser um príncipe e o conto de fadas sequer existia. E as viagens? Essas já não tinham mais graça. Podia ser o paraíso, mas a alegria não estava mais lá, porque antes do "onde", o mais importante é o "com quem"!

A sabedoria da maturidade me ensinou que além da resiliência de aceitar o que chega, como as minhas dificuldades físicas e psicológicas. Eu deveria ainda aprender a resiliência em aceitar aquilo que se vai, tem de ir.

Doeu.

Mas eu aprendi!

— Andréa, Andréa, você está quase terminando!

Paro com uma mão na cintura e fico olhando a minha tela.

Percebo o amarelo vibrando na maior parte da pintura.

"É isso aí!"

— Alegria, alegria!

Vejo os tons de cinza e reconheço que eles também fizeram parte da minha vida.

Sem pensar, faço uma breve reverência, abaixando o pescoço.

"Tudo é fase, Andréa! Até o que aconteceu de ruim foi bom!"

Rio.

Balanço a cabeça para os lados, no ritmo da música e volto a pintar.

"Está quase acabando."

— *Voilá**!

E viajo para dentro de mim mesma.

É 2019.

Eu estou no restaurante de um hotel em Veneza.

Olho para o interior do lugar, que antes foi um castelo, buscando um momento de contemplação, mas me sinto desconfortável sentada ali sozinha.

Encho minha taça com o final da garrafa e vou para a varanda.

Andréa, o garçom que já é meu amigo, pelos dias que estou no hotel sempre desenferrujando meu italiano, se aproxima.

— *Ciao Andréa, hai bisogno di qualcosa***?

Ele me observa com admiração.

"Eu sei que eu sou uma mulher desejada. Por que só ele não consegue ver isso em mim?"

O rapaz fica conversando comigo.

"Se ele soubesse o quanto me sinto grata por sua companhia…"

Suspiro.

---

* Aqui/eis.

** Oi, Andréa, você precisa de alguma coisa?

Conto para ele que minha filha está nos Estados Unidos, meu filho, no quarto do hotel, com a namorada, enquanto meu marido acaba de me deixar sozinha, por um motivo idiota.

— *Si è arrabbiato per il bug di WhatsApp e se l'è preso con me, ci credi?**

— *Che cretino!***

Eu rio e levanto minha taça, brindando com o rapaz!

Ele acrescenta:

— *Lascia una bella donna come te qui da sola.****

Conto do comentário do meu filho em outro momento em Veneza e ele comenta, indignado:

— *Come può qualcuno essere a Venezia di cattivo umore?*****

A conversa dura um bom tempo, mas a minha tristeza é profunda.

Peço a conta e continuo na varanda, sozinha.

Fico olhando a garoa e choro:

---

* Ele ficou bravo com o *bug* do WhatsApp e descontou em mim, acredita?
** Que idiota!
*** Deixa uma mulher bonita como você aqui sozinha.
**** Como alguém pode estar de mau humor em Veneza?

— Por quê, meu Deus? Por quê?

Um mês antes do episódio em Veneza, eu estou num apartamento em Paris.

"Ai, meu Deus! Ele já vai embora."

Observo meu marido arrumando a mala. Parece aliviado em me deixar aqui sozinha.

— Pronto, Andréa, agora você pode se dedicar totalmente ao seu curso, sossegada.

"Tanta indiferença, que abismo é esse entre nós?"

Eu me seguro. Fico calada.

Ele se senta ao meu lado no sofá da sala e me olha.

— Sabe, eu ando pensando no que tem nos afastado, no porquê dessa distância.

"Como assim? Ele vai falar sobre isso agora? Não deveríamos estar rolando nos lençóis, antes de ficar um mês longe um do outro? Só eu quero isso?"

Meu coração para.

"Será que quero saber?"

Continuo ali sentada olhando para ele.

Ele espreme os lábios e me olha. Começa uma lista de reclamações.

"Falta meia hora para você ir embora e vai me deixar uma lista de reclamações, é isso mesmo?"

Dou de ombros e respiro, bufando.

"Eu não tenho certeza, se quero saber. Mas fico quieta!"

— Você é *workaholic* em relação a sua arte, só pensa em trabalho, deixa seus filhos de lado.

Balanço a cabeça, desacreditada.

"Não acredito que ele está se referindo desta forma àquilo que eu mais amo na vida!"

Ele segue em tom seríssimo:

— Suas roupas são largas demais, simples demais, você está largada. Tem que usar umas marcas melhores, cuidar do corpo, do cabelo.

"Grifada! Isso é mesmo importante?"

Penso ao mesmo tempo que me pego tocando e olhando minha blusa.

"Essa eu comprei na Farm, mas ok!"

Suspiro:

"Que lista é essa, meu Deus?"

— A casa está largada, Andréa! Tem sempre uma lâmpada queimada. Nunca tem um jantar decente.

"Nós temos vários funcionários e a casa está sempre organizada, meu Deus!"

"Jantar decente? Oi?"

Inevitavelmente, me pego balançando a cabeça de um lado ao outro.

"É demais... Estou tão cansada."

— Nossos filhos estão largados.

"Que absurdo!"

— O cheiro do seu xampu é horrível.

Ele continua.

— E tudo isso por quê? Por causa da sua arte, dos seus cursos, do seu trabalho, você só pensa nisso, só pensa em você.

Ele olha o celular.

— Meu Uber chegou.

Ele me dá um beijo e vai embora.

— Aviso quando for decolar.

Sento no sofá atordoada, indignada. Minha cabeça passa e repassa essa tal de lista de motivos do nosso afastamento.

— Eu? Somente eu sou o motivo?

Sento e choro, calada e sozinha em Paris.

Ainda estou sozinha em Paris, no curso que vim fazer.

Estou descobrindo a alegria de estar comigo.

— Como é bom, Andréa!

Caminho pela Rue Saint Maur.

— Há quanto tempo não me sinto assim? Dona do meu tempo, das minhas escolhas? Dona de mim?

"Por que me sinto numa gaiola?"

Entro na exposição de Van Gogh no L'Atelier des Lumières.

— Que experiência incrível.

Sento no chão e absorvo as cores que explodem nas projeções. Os amarelos dos girassóis me encantam, as ideias borbulham na minha cabeça.

"Preciso escrever tudo isso para não esquecer."

Eu me levanto e sigo para o bar. Compro um café e me sento para escrever no celular.

Na parede à minha frente, outra exposição num *big-bang* de cores com a música alta. Ecoa em mim a lista dos motivos do distanciamento.

"Cadê o amarelo dos girassóis?"

As palavras dele se repetem, uma a uma, com a sensação de impotência e vontade de gritar a falta da voz naquele momento.

"Meu Deus, como alguém diz tudo aquilo e vai embora?"

"Volta para as suas ideias, Andréa!"

— Não consigo!

Pego o celular, abro o WhatsApp e começo a escrever.

Praticamente vomito tudo o que pulsava na minha cabeça há dias. Respondo a todas as questões: mudar o xampu, o guarda-roupas, trocar lâmpadas, procurar novas receitas, uma nova rotina de trabalho, tudo fácil. No fim, deixo uma questão:

— E você quando vai me dar atenção?

"Sim, é isso: me sinto sozinha. Mas há quanto tempo? Um ano? Dois?"

Minha cabeça vira um turbilhão de perguntas, as cores na parede, a música ecoa.

"Por que estou fazendo isso comigo? Em que lugar me coloquei? Quem é você, Andréa? O que você quer, Andréa?"

Sinto-me sufocada.

Preciso de ar.

Levanto e saio.

A rua, a luz do sol.

"Mas a explosão está aqui dentro ainda, o que eu faço, meu Deus?"

Eu ainda estou pintando minha tela:

— Lindo, Andréa, lindo.

"Esse eu não vou vender, esse é meu!"

— Por que você não vai vender, Andréa?

Aponto para a tela, explicando para mim mesma:

— Você não vê? É a história da sua vida! Está tudo aí!

"Eu! Nua e crua!"

"E está quase pronta!"

Sigo finalizando os detalhes.

Há três combinações de roupas sobre a cama.

Eu o chamo e aponto para elas:

— Qual eu coloco?

Ele aponta a do meio.

— É mais elegante.

— Tá bom.

Visto-me e maquio impecavelmente.

— Vamos, estamos atrasados.

"Nem um elogio? Eu não acredito!"

Eu estou no meu quarto, arrumando os presentes que trouxe para mim mesma de Miami.

Meu marido entra e fica olhando para a parede onde estão várias de nossas fotos. Toda uma vida.

"Dezenove anos, meu Deus!"

Ele me fala:

— Eu fiquei olhando as nossas fotos aí nas paredes e percebi uma coisa.

— O quê?

— Nossos sorrisos não são mais os mesmos.

— Não. Faz tempo.

— Tem um abismo entre nós, Andréa.

— Eu sei, venho dizendo isso há muito tempo.

Ele acrescenta:

— Eu não sei o que eu quero, eu não sei o que eu sinto.

— Então você precisa descobrir. Eu sei o que eu quero e o que eu sinto.

Ele sai.

Suspiro.

Volto para a organização das minhas coisas.

"Já mudei tantas coisas. Já me encaixei tanto. O que mais eu posso fazer?"

Penso, em quando éramos nós, as nossas coisas, os nossos momentos, a nossa conta. Eu era a melhor mulher, a melhor esposa, a melhor mãe.

"Como isso mudou? Por que isso mudou?"

"Eu sei o que eu quero?"

Faz um mês que estamos vivendo separados. Ele foi para um hotel.

— Como você está se sentindo, Andréa?

Olho para a terapeuta e suspiro:

— Não sei. Estou cansada de ouvi-lo dizer que não sabe o que sente e que não sabe o que quer.

— O que você acha que ele quer dizer com tudo isso? De verdade?

"De verdade? De verdade dói!"

— Acho que ele não quer e talvez não tenha coragem de terminar. Então ele me maltrata, para que eu tenha essa coragem.

— E o que falta, Andréa?

— O problema não é o que falta, mas o que ainda tenho.

— O que ainda tem?

— Amor, esperança.

Silêncio.

Seco algumas lágrimas.

Ela pergunta:

— Qual o preço que você está pagando por esse amor e esperança, Andréa?

"Acorda, Andréa! De uma vez por todas!"

Encho o peito e solto, balançando a cabeça.

Silêncio.

Eu estou num ensaio fotográfico:

— Linda, Andréa! Linda! Maravilhosa!

"Sinto-me viva outra vez!"

Faço caras e bocas.

O vento balança meus cabelos.

Acho graça.

— Vem ver!

O fotógrafo me mostra algumas fotos, apontando para a tela de sua câmera.

— Uau, ficou lindo!

— É claro que ficou! Olha a modelo!

Ele me olha, sorrindo.

"Como é bom, meu Deus! Como é bom me ver novamente! Não sou invisível! Estou viva!"

A água da cachoeira molha meu vestido e continuo fazendo poses conforme ele me orienta.

— Linda, Andréa! Linda!

Vejo uma mulher de cinquenta anos com aparência de trinta.

Um metro e sessenta e cinco, cinquenta e oito quilos, pele lisa, cabelo loiro.

— Carão, Andréa! Carão!

Rio e espremo os olhos, olhando para ele.

— Uauuuuu, caralho, que mulher é essa, meu Deus?

Rio.

Algumas pessoas me comparam a Lady Gaga e me divirto com isso. Não posso reclamar dessa fase. Estou de volta aos meus vinte anos, exótica e poderosa, faminta de vida.

"Eu sei que sou uma mulher linda, exuberante!"

— Por que você deixou apagar esse brilho, Andréa? Por tanto tempo?

— Oi, Andréa?

"Ops, pensei em voz alta!"

— Nada não. Que pose você quer agora?

— Deita no chão. – ele fala, arregalando os olhos e em tom empolgadíssimo.

Caio no riso e deito:

— Sou toda sua, meu amor!

A vida em todas as cores

Carta para ele!
(Original e na íntegra)

O futuro!

O que eu almejo? Dividir minha vida com alguém que vibre com as minhas vitórias e me ampare nas derrotas. Abraços carinhosos, sentar com os pés nesse colo, dar risadas altas das bobagens que falamos, planejar uma viagem, um jantar, criar a receita e cozinhar juntos, sentar e olhar na mesma direção, saber das dores, dos problemas, alegrias e sonhos dele. Compartilhar sem deixar de ser eu mesma.

A matéria envelhece, o ritmo diminui, o tesão também. E o que fica? A cumplicidade. É isso, quero um cúmplice de vida. E você? O que almeja para o seu futuro? Como é a pessoa com quem você quer envelhecer?

Eu amo você. Às vezes odeio também, mas eu sinto! Por vezes você me abala, em outras você me machuca, e é exatamente por isso que eu sei que o amor ainda está aqui. Por isso ainda sofro e brigo – não para mudar você, nem para voltar ao passado, e sim para aprender a viver com as pessoas que nos tornamos ao longo desses anos. E você? O que você sente?

Todas essas respostas não são para mim. Não precisa me escrever ou falar. Elas são para você. Talvez sirvam de guia, de fio condutor para você se encontrar. O amor pode acabar e não é culpa de ninguém. Pode ser que ele tenha cumprido a sua missão. Acho muito válida a ideia do distanciamento por um período, acredito que ajuda a clarear e organizar os sentimentos e ideias. Vamos analisar isso. Estamos andando para trás, nos fechando novamente, e provavelmente retornaremos para a crise inicial.

Pense nisso.

Andréa
Dia 16 de maio de 2020.

Conclusão

"Renda-se, como eu me rendi. Mergulhe no que você não conhece, como eu mergulhei. Não se preocupe em entender, viver ultrapassa qualquer entendimento."

Clarice Lispector

Conclusão

Muitas coisas se passaram depois disso. Muitas reflexões e conclusões foram feitas, principalmente, me permitindo crescimento, compreensão e o desenvolvimento de mim mesma como pessoa, mulher, mãe e profissional.

Tenho gratidão por absolutamente tudo o que vivi, sejam os momentos bons, sejam os ruins, pois todos me trouxeram aprendizado. De um jeito ou de outro, sempre me levaram a mim mesma.

Alguns caminhos demoraram mais, outros menos.

Algumas pessoas me acompanharam e poucas agora continuam, mas faz parte da vida. Uns chegam, outros vão e poucos permanecem. Eu continuo sempre!

Entendi a minha própria história e me orgulho dela.

A história da pobre menina rica que se perdeu de si mesma em nome de um amor que foi verdadeiro sim, mas, quando acabou, faltou a maturidade da vida e a resiliência para deixar ir. Eu me agarrei a ele com todas as forças que podia. E quanto mais eu me agarrava, mais eu sangrava e abria mão de mim mesma: nas roupas que eu comprei, nas inúmeras receitas que aprendi e continuei fazendo, nas tantas e tantas vezes que baixei a cabeça, tentando ser o que não era.

Fiz por amor, não me envergonho. Amei, sim, e nada de errado havia nisso. Errado é quando o amor acaba e a gente não percebe, não aceita, insiste e se enfraquece. O certo é deixar ir, reconhecer, reverenciar e seguir em frente.

A vida segue sempre para frente, o que fica para trás, a gente simplesmente agradece, aprende e se torna melhor.

Eu aprendi! Aprendi muito e foco nisso: aprender sempre! Não só na minha arte, mas na arte da vida, na arte de pintar com cores os momentos difíceis, as dores a serem trabalhadas e a esperança de um dia melhor.

Meus filhos são hoje e para sempre os grandes amores que terei comigo. Minha mãe, meu pai, minha irmã e todos os meus, com uma bela reverência a toda a minha ancestralidade.

Sigo com minha arte, pintando minhas telas, exibindo e vendendo, crescendo como artista, amadurecendo como ser humano.

Não sou mais a pobre menina rica. Sou a rica nova menina!

Bem, na verdade sou mulher, mas alimento ainda meu lado menina, me fazendo e me permitindo ser feliz.

Novos amores? Sim, por que não?

Abrindo-me a cada dia às oportunidades que a vida me traz.

Feliz?

Muito!

Lâmpadas queimadas e jantares sem sal?

Nunca mais!

Aprendi!

A vida é para a frente!

A minha segue de mãos dadas com a arte!

E com meus filhos!

Carta para mim mesma!

A todas as minhas Andréas,

Quando o turbilhão a dois terminou e a porta se fechou, fiquei sozinha, sentada no sofá, esvaziando as garrafas de uísque aos prantos enquanto relembrava cada palavra ouvida e me questionava:

— Quem é você, Andréa?

Apontava para as outras:

— E você?

— E você?

Foram dois meses engolida pelo sofá, completamente só. Das tantas amigas, ficaram minhas três irmãs: Adriana, no Canadá, Karla, nos EUA, e Dila, em São Paulo. Mas Dila estava num processo tão parecido que era impossível que pudesse me ajudar. E o Rogério, meu filho do coração.

Nenhuma presença física, nenhum abraço, nenhum colo. Elas me abraçavam virtualmente. Desmoronei. Não acreditava mais em mim, como mulher ou profissional.

Não sabia sequer a que mundo pertencia. Era somente eu. E tentava disfarçar, para que meus filhos não percebessem o que se passava.

Passei três dias no Rio de Janeiro, dentro de um quarto de hotel, andando nua e me olhando no espelho para me reconectar com a minha autoestima. Fiz massagem tântrica em busca de uma reconexão com a minha sexualidade. Coloquei mega hair. E sim: fiz muita terapia! Era o começo de um processo de reencontro.

Um dia, cansei do sofá, me vesti e saí assim, sozinha. Não tinha para quem ligar. Foi estranho, difícil, mas encarei. Fui a um bar e, num pedido de cigarro, conheci o Pedrinho, um amigo que vou guardar, para sempre. Depois de tantos anos sempre acompanhada, com tanta gente, redescobri minha essência meio lobo solitário, que vai e encara. Ainda estava meio tímida, mas viva.

Um tempo depois, um amigo não muito próximo que virou irmão, o Alex, me chamou para sair. Com ele, conheci novas pessoas, novos lugares, novos gostos e, principalmente, reencontrei partes de mim que haviam se perdido.

— Eu gosto de praia, eu amo sol. Como você pôde esquecer, Andréa?

Minha essência começou a reflorescer, a menina adolescente, terrível e indomada estava de volta. Mesmo no meio de uma pandemia, a rua era meu lugar. Quando tudo fechou, minha casa se tornou um clube, onde a festa era certa, o riso solto e a alegria constante. Voltei a cozinhar! Eu sorria novamente, meus olhos brilhavam e a pele ficou bronzeada!

No trabalho, eu ainda questionava se era somente um sonho ou se tinha talento, mas ainda não era o momento. Nem queria pensar, estava tudo parado e eu me reconstruindo.

A mulher acordava em mim com toda vontade:

— Dane-se os quase 50, morrerei com 20!

A maturidade com alma adolescente é sensacional. Traz desapego e amor-próprio. Se faz o que quer! E eu fiz – e como fiz. Apaixonei-me por uma noite, me apaixonei de verdade e fugi. Vivi um romance, para lembrar como é, e foi iluminador, esclarecedor!

Tive vontade de abandonar a carreira na pintura. Era um bloqueio criativo, comecei o livro, pensei em desistir.

— Não desista, Andréa!

Minha mente virou um turbilhão: não dormi durante muito tempo, tomei medicação, ganhei amigos, perdi amigos, ganhei uma irmã de alma, me reconectei com a minha espiritualidade, tive conflitos internos, discussões com as minhas Andréas, várias discussões com as minhas Andréas:

— Chega, Andréa!

— Para, Andréa!

— Desculpa, Andréa!

— Eu te amo, Andréa!

— Tá bom, Andréa!

Mas um ano e meio se passou.

Não sou calma e serena, não é minha natureza, estou em constante transformação.

Entendi e aceitei meu processo criativo na arte e vou segui-lo. Assim tudo fluiu com muita naturalidade e os insights não param de surgir. Descobri um novo caminho, através da escrita. Assustador, mas que eu quero desbravar.

A vontade de estudar está de volta, as palavras duras que me foram ditas desmoronaram, junto com o muro que tinham formado.

— Eu sou capaz sim!

Meu coração não é de pedra nem está trancado. Eu acredito no amor e ainda vou amar muito. Uma ou muitas vezes, não sei, mas sei o que eu quero – e, acima de tudo, o homem que eu não quero – ao meu lado.

Ainda não sei qual é o meu lugar no mundo, mas vou descobrir, pois a vida é uma caminhada até o instante final.

Sei que todos passamos por momentos de crise pelos mais diversos motivos: doenças, morte, rupturas, perdas. Crises que nos levam ao fundo do poço e nos roubam de nós.

Então permita-se fazer e ser o que quiser e tiver vontade, não se julgue não se cobre, mergulhe em você.

— Em frente, Andréa!

Suspiro.

— Todas vocês!

Fecho os olhos, num profundo agradecimento:

— E todas comigo!

Com amor,

Andréa
Ano de 2022.